가족에게 권하는 인문학

대한민국
보통 가족을 위한
독서 성장 에세이

가족에게 권하는 인문학

김정은·유형선 지음

Humanist

머리말

남편은 직장에서 구조 조정이 시작되자 파업에 동참했습니다. 아내는 직업병이 생겨 건강을 지키기 위해 직장을 그만두었습니다. 벼랑 끝에 저희 가족이 있었습니다. 세찬 바람이 거세게 불어왔습니다. 몰아치는 바람에 밀리지 않으려 안간힘을 썼습니다. 버티고 또 버텼습니다.

남편이 아내에게 말했습니다.

"너무 힘들어요."

아내가 남편에게 말했습니다.

"당신이 행복한 일을 찾아봐요."

남편이 아내에게 말했습니다.

"중요한 것이 뭔지 모르겠어요."

아내가 남편에게 말했습니다.

"중요한 것을 찾지 말고 소중한 것을 찾아봐요, 우리."

남편이 파업을 시작한 지 100일이 지났을 무렵, 남편 고향 친구의 갑작스러운 죽음 소식을 들었습니다. 이제 아장아장 걷는 둘째 아이를 두고 교통사고로 유명을 달리한 친구의 영정 앞에서 남편은 다리에 힘이 풀렸습니다. 서울로 돌아온 이후 한 문장만이 남편의 머릿속을 채웠습니다.

"너 어디 있느냐?"

내가 어디에 있는지, 내 안에 무엇이 있는지, 내게 주어진 시간과 공간은 대체 무슨 의미가 있는지 마음 깊은 곳에서부터 질문들이 터져 나왔습니다. 그 질문들을 생각하면 할수록 혼란스러워지기만 했고, 지금 여기 내가 살아 있다는 것만 명확하게 느껴졌습니다. 죽음에 대해 생각하자 무언가 소중한 일을 하고 싶어졌습니다. 소중한 것이란 대체 무엇일까요? 영화 필름을 되감듯 시간을 거꾸로 돌려보았습니다. 부부가 가장 행복했던 한때에 시곗바늘이 딱 멈추어 섰습니다. 15년 전 아내의 목소리가 귓가에 들려왔습니다.

"난 아름답게 살아갈 거야."

문학을 사랑한 여자와 철학을 사랑한 남자가 대학교 기숙사에서 만나 강소주 한 병을 앞에 두고 밤새 철학과 문학을 이야기하던 그 날들, 배는 고팠지만 마음만은 행복으로 충만하던 때를 기억했습니다. 취업을 준비하며 막막한 미래에 한숨짓던 때, 현실이 아무리 어렵다 해도 캄캄한 밤하늘에 반짝이는 별들처럼 '아름답게 살아가자'며 서로를 격려하던 일이 떠올랐습니다.

그날로 저희 부부는 다시 책을 펼쳤습니다. 다시 읽은 권정생의 《강아지똥》과 노자의 《도덕경》은 벼랑 끝에 떨어져도 그 속에서 또 다른 의미를 발견하라는 메시지로 다가왔습니다. 아무짝에 쓸모없는 것처럼 보이는 강아지똥이 민들레꽃을 피워내는 소중한 거름이 된다는 그림책 속 이야기가 우리를 위로했습니다. 작고 초라한 것에서부터 가치를 찾으라고 말하는 《도덕경》을 함께 읽으며 우리 부부는 힘을 낼 수 있었습니다. 허리띠를 졸라매는 경제 사정 때문에 유치원도, 학원도 그만둔 아이들도 동참했습니다.

파업과 구조 조정을 겪는 남편에게도, 직업병을 얻어 직장을 그만둔 아내에게도, 엄마, 아빠를 기다리느라 지친 두 아이에게도, 먼저 스스로가 소중한 존재라고 깨달을 시간이 필요했습니다. 각자에게 찾아온 고난을 긍정할 시간이 필요했습니다. 오랜 기간 떨어져 지내느라 우리 가족에게 없었던 가족의 개념부터 제대로 세워야 했습니다. 그래서 우리 가족은 함께 책을 읽고 이야기를 나누면서 가장 소중한 것이 무엇인지를 알아가는 여행을 시작했습니다. 매일 도서관에 발도장을 찍으며 함께 읽고, 공감하고, 대화하기 시작했습니다. 그림책에서 시작해 철학과 문학을 지나 인문 고전까지 장르를 넘나드는 좋은 책들은 우리 가족 여행에 길을 안내하는 훌륭한 내비게이션이 되었습니다.

꼬박 4년이 넘는 시간이 흘렀습니다. 일곱 살이던 큰아이는 이제 초등학교 5학년이 되고, 세 살이던 작은아이는 여덟 살이 됩니다. 책의 힘은 실로 대단했습니다. 좋은 책들을 부부가 먼저 읽고 아이들과 함께 나누는 시간이 차곡차곡 쌓이던 어느 날, 우리 가족은 어느새 소통하는 가족이 되어 있었습니다. 배움에 대한 열망으로 도서관을 활용하는 건강한 아이들이 가족의 중심에 있었습니다. 온 가족이 함께 좋은 책을 읽고 대화를 나누는 일 자체가 우리에게 가장 소중하고도 가장 행복한 일이 되었습니다.

저희는 책을 통한 작고도 큰 변화의 이야기를 함께 나누고 싶습니다. 당신이 실직과 파업으로 삶의 벼랑 끝에 선 가장이라면, 당신이 일을 위해 육아를 다소 포기한 워킹맘이거나 육아를 위해 일을 포기한 전업주부라면, 우리 가족의 성장기에 귀 기울여주시기 바랍니다.

"좋은 책 한 권은 한 분의 스승과도 같다."라는 말이 있습니다. 우리 가족이 도서관 나들이를 하며 읽은 많은 책 중에, 가족 모두가 최고라고 여기는 책을 뽑는 일은 힘들었지만 퍽 의미 있는 작업이었습니다. 위기의 가족에게 단란한 가정, 소통하는 가족, 건강한 아이들을 선물해준 좋은 스승인 수많은 책에게 감사 인사를 전합니다. '어린이는 어른의 아버지'라는 워즈워스의 시구 그대로 생애 가장 큰 가르침을 준 두 딸 수민이, 수린이에게 감사와 사랑을 전합니다. 그리고 책 읽어주는 엄마들의 모임인 그림책 여행가 동지들과 삶의 변화를 이끌어준 구본형 변화경영연구소의 식구들, 저희 부부에게 기회를 준 휴머니스트 출판사 여러분께도 감사 인사를 전합니다.

2016년 1월 파주에서

김정은, 유형선

차례

프롤로그

해체 위기에 선 가족, 책을 만나다

프롤로그 해체 위기에 선 가족, 책을 만나다

남편의 일기장

철학을 사랑한 남자와 문학을 사랑한 여자는 대학 기숙사에서 만나, 괴테의 "모든 것은 아름다움으로 귀결된다."라는 문구를 가슴에 품고 행복하게 살아가자고 했다. 하지만 삶은 녹록지 않았다. 남편은 벤처 회사에서 직장 생활을 시작했다. 나 또한 월화수목금금금에 야근은 필수, 밤샘도 기본이라는 IT 계통 회사에서 프로그래머로 일하게 되었다. 우리 인생에 언제 철학과 문학이 있었나 싶을 정도로 책과는 멀어져만 갔다. 일에 지친 우리는 한밤중에 접선이라도 하게 되면, 소주와 맥주를 섞어 마시며 하루를 정리했다. 그날의 다사다난했던 사건 사고를 다 털어내야만 다음 날 부활하여 어제와 다름없는 하루를 맞이할 수 있었다.

벤처 회사 재무팀 입사 3년 차가 되자 남편은 벤처 회사의 생리를 파악하게 되었다. 언제 문 닫을지 모를 소규모 벤처 회사 재무팀의 핵심 업무는 자금을 유치하는 일이었다. 투자자를 접대하는 일은 주로 밤에 이루어졌고, 그런 밤 문화는 남편에게 고역이었다. 술과 쾌락에 만취한 투자자들을 그들의 보금자리로 무사히 모셔다 드려야 하루의 업무가 끝나던 어느 날 새벽, 남편은 집으로 돌아오는 길에 소장에서부터 올라오는 구토를 더는 참지 못하고 모조리 쏟아냈다. 그러고는 사직서를 썼다. 우리의 첫째 아이가 막 태어났을 무렵이었다.

남편은 백수가 되었다. 이제 막 아이를 출산한 아내가 노트북을 메고, 한 손에는 유축기를, 다른 한 손에는 아이스박스를 들고 모유 수유를 해가며 출퇴근하는 모습을 지켜보는 것은 매우 힘들었으리라. '다시는 내 발로 직장을 나오지 않으리라.' 아내와 아이를 위해 안정적인 직장에 재취업하는 것이 어느새 그의 꿈이 되었다. 간절히 바라면 이루어지는 걸까? 그는 당시 업계에서 잘나가던 외국계 금융회사에 네 번의 심층 면접을 거쳐 들어갔다. 하지만 2008년 미국발 금융 위기는 2009년 유럽발 금융 위기로 이어졌고, 본사는 아시아권 지사를 하나하나 철수하여 결국 2011년에는 한국 지사를 매각하기로 결정했다. 그리하여 2014년 한국 지사의 매각이 종료될 때까지 사측의 구조 조정과 노조의 파업으로 그의 직장 생활은 성난 파도를 타고 엎치락뒤치락했다.

2008년 시작된 남편 회사의 위기는 2014년에 끝이 났다. 아니, 끝났다고 말할 순 없겠다. 일시 종료 상태다. 자신이 원하던 직장으로 옮기고 나서도 7년의 세월이다. 7년의 기록, 나는 문득 장군님의 일기장이 떠올랐다. 임진년(1592)부터 무술년(1598)까지 7년간 전장에서 썼다는 이순신 장군님의 기록. 내 남편도 그 긴 세월 동안 무언가 글로 남겨놓은 게 있지 않을까? 부상의 고통 속에 전쟁에 대한 두려움과, 아버지로서 장군으로서의 막중한 책임을 담담하게 써내려간 일기들. 행간에 스민 침묵의 언어가 주는 감동은 내 뼛속 깊이 사무쳐 있다. 난 남편의 기록을 찾기 시작했다.

'모닝스타'라는 아이디로 쓴 남편의 블로그 일기장. 모닝스타는 샛별이라고도 불리는 금성이다. 샛별은 칠흑 같은 밤이 지나가고 머지않아 아침이 밝아올 거라는 희망을 의미한다. 깊은 수렁에서 헤어나올 수 없을 때, 희망은 스멀스멀 활동을 시작하는 법이다. 남편은 자신의 마음속에 자리 잡은 어둠을 밝히기 위해 스스로를 모닝스타라고 불렀나 보다. 한 줄 한 줄 일기를 쓰며 일상의 일들로 젖은 빨래가 돼버린 그의 정신에 샛별을 띄우려고.

매일매일 마음에 이는 폭풍과 폭우에 휩쓸리지 않으려 안간힘을 쓰면서 붙잡을 것을 찾았다. 그래서 읽고 또 썼다. 읽고 또 쓰다 보면 마음이 잠시나마 가라앉았다. 그러나 파업의 요동은 거셌다. 그동안 의지했던 모든 것을 쓸어가 버렸다. 나 하나만이라도 쓸려가지 않으려고 안간힘을 썼다.

언제 끝이 날지 모르는 답답함은 마치 수용소에 갇힌 듯한 느낌을 준다. 남편의 일기에 나치의 유대인 수용소에서 살아 돌아온 어느 심리학자의 생존의 비법이 적혀 있었다.

"이번 크리스마스가 지나면 전쟁이 끝날 것 같아. 이번 겨울이 가면 이 모든 일이 끝날 것 같은 꿈을 꾸었어."라는 바람을 이야기하던 사람들은 때가 되어도 상황이 좋아지지 않으면 시름시름 앓아눕는다. 그러나 "이번 크리스마스가 지나도 전쟁은 끝나지 않을 거야. 그러니 그때를 대비해야지. 이번 봄이 와도 수용소 문은 열리지 않을 거야. 그러니 그때를 준비해야 돼."라고 말하는 사람들은 상황이 좋아지지 않는다 해도 기력이 쇠하지는 않는다.

불면의 밤들을 보내며 남편은 생존을 위한 마인드 컨트롤을 했다. 매일매일 반복되는 일상에서 적금 통장 만기가 우리 삶을 통째로 변화시키지는 못할 것이다. 냉정한 현실을 받아들여야 한다. 그리고 냉정한 현실이 다시 반복될 미래를 준비해야 한다.

늦잠을 잤다. 눈을 뜨자마자 단숨에 역까지 달려서 기차를 타긴 했다. 아내도 첫 출근에 첫 강의하는 덕에 목도 아프고 콧물도 마를 날이 없단다. 큰 녀석은 학교생활 적응하느라 힘들고 작은 녀석은 독감이다. 밥도 못 먹을 만큼 목젖이 부었단다. 그러고 보니 내 몸 상태가 제일 낫구나.

2012년 3월 어느 날 남편의 기록이다. 지금은 까마득한 일이지만, 남편 회사가 매각 결정을 내릴 무렵 나는 재취업했다. 500명이 넘는 원아를 보유한 대형 유치원의 정규 영어 강사가 되었다. 그 일은 내 아이들을 직접 돌보면서 할 수 있어서 선택한 일이었다. 초등학교 1학년이 된 큰아이가 학교에 있는 시간 동안에, 작은아이를 데리고 가서 할 수 있었으니까. 강사라는 직업은 예상한 것보다 훨씬 더 많은 에너지가 필요했다. 엄마가 힘들어하니 아이들도 힘들어졌다. 초등학교에 갓 입학한 큰아이는 몸살이 났고, 작은아이는 독감에 걸렸다. 나도 목감기, 코감기를 달고 살다시피 했다. 결국 1년도 안 되어 두 손 들고 나왔다. 나와 두 아이 모두 병원에 입원했다.

어린 두 아이를 돌보며 건강하지 않은 몸으로 재취업을 한다는 건 역시나 무리였다. 일과 육아 사이에서 또 한 번 패배감을 맛보게 된 나를 남편은 위로했다. 세상일은 흔들리는 추와 같다. 마치 좌우를 번

갈아 이동하는 추처럼 치우치면서도 더불어 균형을 잡아가는 것이 세상일이다. 우리 부부는 외부에서 해결책을 찾을 것이 아니라 내부에서 살 길을 모색해보기로 했다.

남편은 페르시아 왕의 이야기를 꺼냈다. 페르시아의 왕이 신하들에게 명했다. 언제 어디서든 세상일에 흔들리지 않는 용기와 지혜를 주는 글을 찾아오라고. 신하들은 고민 끝에 왕에게 반지를 선물했다. 반지에는 이런 문구를 새겨 넣었다. "이 또한 지나가리라."

마이클 샌델의 《돈으로 살 수 없는 것들》을 읽었다. 샌델은 과거엔 돈으로 살 수 없는 것들을 현재엔 돈으로 살 수 있게 된 현실, 즉 현대 시장만능주의를 비판한다. 나는 그가 말한 '돈으로 살 수 없는 것들'을 '돈으로 팔 수 없는 것들'로 뒤집어 생각해보았다. 내 노동을 팔아 하루하루 살아가는 현실에서 내게 돈과도 바꿀 수 없는 가치는 무엇일까?

남편은 '무노동 무임금'의 원칙을 지키는 파업 투쟁에 가담하게 되었다. 파업은 회사의 주인이 바뀌는 과정에서 회사가 정체불명의 자본의 손으로 넘어갈 위험에 대비한 노조의 '노동'이기도 하지만 우리 사회는 파업이라는 노동에 대해 대가를 지불하지는 않는다. 즉 노조의 파업은 돈과 바꿀 수 없는 노동이다. 남편은 언제 끝날지 알 수 없는 파업에 가담하면서 돈으로 바꿀 수 없는 가치들에 대해 고민하기 시작했다. 억만금을 준다 해도 절대로 바꿀 수 없는 가치는 바로 자유정신, '나'라는 인간의 가치였다. 회사의 운명이 곧 나의 운명이며, 회사의 위기가 곧 나의 위기로 이어지는 현실에서, 그는 스스로 삶의 주체로 살고 있는지 점검해야 했다. 회사에서 무슨 일이 일어난다 해도 또는 누군가 억만금을 준다 해도 바꿀 수 없는 소중한 가치들을 하나씩 되찾아와야 했다. 그렇게 한다면 그는 삶의 강력한 주체로 거듭나게 되고, 지금까지 잊고 살았던 행복이 그의 삶에 조용히 찾아올 것만 같았다.

잠들어 있는 아내와 두 아이를 본다. 절로 웃음이 나온다. 지금 이 순간이 영원했으면 좋겠다. 가족을 통해 세상을 본다. 이들에게 나는 없어서는 안 될 존재다. 나 또한 이들 없이는 살 수 없는 존재다.

파업 현장은 전쟁을 방불케 한다. 프랑스 철학자 미셸 푸코는 "전쟁은 우리 바깥에서 일어나는 것이 아니라 기본적으로 우리 내면에서 일어나야만 한다."라고 했다. 파업 현장에서 남편은 자신의 내부로부터 인문학 운동을 할 것을 결심했다. 진실을 볼 수 있는 힘과 진실되게 행동할 수 있는 힘은 인문학에서 도움을 얻을 수 있을 것이다. 노사 간 대립에 일희일비하지 않고 그럴 시간에 내공을 쌓자고 다짐했다. 한 가정의 가장이자 남편이자 두 아이의 아버지로서 그는 자신부터 단단해지기로 마음먹었다.

회사는 매각이 임박해오고 파업은 언제 끝날지 모른다. 또한 회사는 내게 더 많은 역할을 요구한다. 그럴수록 나의 다짐은 견고해졌다. 내 삶의 주도권을 남에게 넘겨주지 않을 것이다. 내 자유는 스스로 만들 것이다. 내 삶의 미래는 반드시 내가 만들어낼 것이다.

파업은 끝이 났고 경영주도 바뀌었다. 남편은 새로운 부서에서 새로운 일을 하게 되었다. 언제나 그랬듯 삶은 여전히 오리무중, 고난의 연속이다. 위기의 순간, 우리 부부는 왜 책을 펼쳤을까? 책은 30년 이상 간극이 벌어진 부모와 자녀 사이를, 하루의 대부분의 시간을 회사에서 보내야 하는 가장과 가족 사이를 이어주는 연결고리가 되었다. 가장이지만 직장인으로서 남편은 회사와 집을 오가며, 회사 인간에서 집 인간으로, 집 인간에서 회사 인간으로 변신을 해내야 했다. 이러한 정체성의 묘한 뒤섞임 속 혼란과 모호한 구분의 경계에서 중심이 되어준 것이 바로 책이다.

맛있는 것을 먹을 때나 좋은 풍경을 볼 때면 사랑하는 가족이 생각난다. 책도 마찬가지다. 이 책 저 책 보다가 좋은 책을 만나면 가족과 함께 읽고 싶어진다. 함께 읽다 보면 읽는 맛이 더 진해지고 더 깊어진다. 특히 수백, 수천 년 전해져온 고전은 읽으면 읽을수록 깊은 맛이 우러난다. 100년도 살지 못할 인생이지만, 고전을 통해 우리는 수천 년 전으로 여행을 할 수 있다. 사랑하는 가족과 함께한다면 그 행복은 몇 배가 된다.

두 딸의 최후통첩

"엄마 바꾸고 싶어!"

일곱 살 난 큰아이가 외쳤다. 그 말이 내 귀에 꽂힌 건 자격지심 때문이었다. 이제 막 워킹맘에서 전업주부로 변신한 나는 엄마라 하기에 턱없이 부족했기에 그 말을 흘려보낼 수가 없었다. 태어나서 7년 만에 처음으로 엄마와 함께 보내는 느긋한 일상이 아이에겐 구조 요청이 필요한 위기 상황일 거라곤 상상도 못했다. 마치 "엄마랑 더는 못 살아!"라는 최후통첩 같기도 했다.

이제 막 직장을 그만둔 나는 한차례 몸살을 앓았다. 10년 넘게 직장

생활을 하면서, 결혼도 하고 아이도 둘 낳아 키웠다. 고급 프로그래머가 되면서는 지방으로 해외로 출장 다니느라 아파도 병원 갈 겨를이 없었다. 프로그래머 10년 차, 목 디스크의 통증으로 양 손가락을 못 쓰게 되니 프로그래머로서 수명을 다 한 셈이었다. 일단 쉬면서 몸을 추스를 수밖에 없었다.

'나, 직장에서 폐기 처분된 지 얼마 되지 않았다고! 얘들아, 엄마 조금만 기다려줄 순 없겠니?'

피는 물보다 진하다고 했던가. 드라마에선 태어나자마자 헤어져 부모 자식 간인지도 모르고 살았던 모자가 정체 모를 이끌림으로 서로를 알아보고 부둥켜안고 눈물을 흘린다. 이산가족 상봉 프로그램의 한 장면을 봐도 혈육의 정은 떼려야 뗄 수 없이 끈끈하고도 절절한 것이다. 가족이란 그런 것이란 믿음이 있었기에, 비록 태어나자마자 떨어져 지냈다 해도 내 아이들과 나 사이에는 아무 문제가 없을 줄 알았다.

"엄마한테 그렇게 말하는 건 나쁜 거야."

아이는 할 말이 많은 듯했다. 아이가 내게 꼬깃꼬깃 접은 쪽지 한 장을 내밀었다.

'내가 왜 착하게 살아야 하는데?'

엄마를 바꾸고 싶어 하는 어린 딸과 그 말에 상처받은 엄마. '왜 착하게 살아야 하는데?'라는 질문에 할 말을 잃은 나는 머리가 아팠다. 무슨 말을 어떻게 해야 하나. 어디서부터 시작해야 하나. 아이의 이런 반응은 어쩌면 빙산의 일각일지도 모를 일이다. 엄마의 오랜 부재로 생긴 아이의 상처는 내가 아는 것보다 훨씬 깊게 자리 잡았을 수도 있었다.

시댁과 친정을 오가며 자란 아이들의 서울행이 이번이 처음은 아니었다. 일곱 살 큰아이에겐 벌써 세 번째 시도였다. 큰아이가 처음 서울살이를 시작했을 때는 아이가 두 돌 되었을 때였다. 바쁜 며느리를 대신해 아이를 봐주셨던 시어머니는 아이가 두 돌이 되자 부모와 함께 살아야 한다며 아이를 서울로 보내셨다. 한창 프로젝트와 자격증 따기로 바빴던 중급 프로그래머 시절, 나는 늘 지하철 막차를 탔고 주말 출근도 일상다반사였다. 두 돌을 갓 넘긴 아이는 엄마의 바쁜 일정에 맞춰 새벽에 어린이집에 맡겨졌다가 어린이집이 마칠 시간이 되면 옆집 아주머니의 손에 맡겨졌다. 그러니까 한밤중에 잠든 아이를 안고 집으로 들어오는 것이 엄마로서 내가 한 일의 전부다. 그나마도 3개월을 못 넘기고 아이가 폐렴으로 입원하는 것을 마지막으로 아이는 이번엔 친정으로 보내졌다. 아이가 좀 더 커서 바쁜 엄마와 함께 살아도 무탈할 때까지 친정어머니가 아이를 봐주시기로 했다. 그렇게 아이는 기차를 타고 또 차를 타고 한참을 들어가야 하는 시골에서 살게 되었다.

아이는 다섯 살이 되자 무작정 엄마와 함께 살겠다고 자기주장을 내세웠다. 무슨 일이 있어도 엄마와 함께 살겠다고 다짐한 아이는 똘똘하고 당찬 모습이었다. 아이는 유치원에 일등으로 등원해서 종일반까지 마치면 또 피아노 학원으로 직행했다. 모녀는 늦은 시간에 만나 늦은 저녁을 먹고 자정까지 아파트 놀이터에서 놀곤 했다. 아이는 그렇게라도 엄마와 함께하는 시간에 많은 것을 하고 싶어 했다. 어른인 내게도 빡빡한 스케줄이었지만 아이는 결심한 대로 잘 이겨냈다. 감기는 달고 살았지만 이번엔 입원까지 가진 않았다. 하지만 큰아이의 두 번째 노력도 6개월 이상 가진 못했다. 동생이 태어난 것이다.

내가 몸조리를 하는 동안 큰아이는 다시 시댁으로 보내졌다. 이제 막 엄마와 함께 지내는 기쁨을 맛본 아이는 또 엄마와 떨어져 지내야 한다는 현실을 받아들이지 못했다. 하지만 그렇게 하는 것이 엄마가 빨리 건강을 회복하기 위한 일이라는 할머니 말씀을 아이는 받아들일 수밖에 없었다. 하루빨리 엄마 품으로 다시 돌아가고 싶었던 큰아이의 바람과는 달리, 엄마는 동생이 태어나고 두 달이 지나자 미국 장기 출장길에 올랐다. 기다리고 기다렸던 엄마는 오지 않고 동생만 왔다. 해가 바뀌어도 엄마는 오지 않았다. 그때 아이는 이렇게 생각했다고 한다.

'엄마가 혹시 날 버린 게 아닐까?'

한 번 출장 간 사람을 또 보낸다는 출장의 법칙, 나는 미국 장기 출장을 다녀와서 또 중국 출장길에 올랐다. 아이가 둘이 되자, 시댁에도 친정에도 아이들을 더 맡길 수는 없었다. 나는 상주하여 아이들을 돌봐줄 수 있는 중국인 도우미 아주머니를 모셨다. 그분께 두 아이를 맡기고 또 출장을 다녔다. 그러고는 엄마에 대한 그리움이 미움이 되고 분노로 폭발할 때쯤, 나는 병든 몸으로 돌아왔다. 일곱 살 아이의 눈에도 다시 만나게 된 엄마는 예전과 많이 달랐다. 양쪽 팔의 통증 때문에 밥을 챙겨주지 못했고, 잘 안아주지도 놀아주지도 못했다. 꿈에서도 그리워했던 엄마의 모습에 실망한 아이들은 그렇게 최후통첩을 보내왔다.

애착 형성 프로젝트

"좋은 엄마로 바꿀래!"

큰아이의 외침에도 여전히 기력을 회복하지 못한 나는 침대에 누워 아이들을 관찰하기만 했다. 작은아이는 언니를 엄마로 여기는 것 같았다. 작은아이는 큰아이가 하는 대로 뭐든 다 따라했고 큰아이는 작은아이를 지극정성으로 보살폈다. 작은아이는 세 돌이 다 되도록 말을 못했다. 일반적으로 아이들은 생후 5개월에 옹알이를 시작해 한 단어 단계, 두 단어 단계 등을 거처 20개월 전후에 의사소통을 하게 된다고 한다. 아이의 발달 정도에 따라 차이는 있지만 이것이 일반적인 성장 과정이라는 것이다. 전문가들은 여섯 살까지 언어 습득이 되지 않은 아이는 안타깝게도 이후에도 언어를 습득할 수 없다고 했다. 정신을 차리고 보니, 20개월이 훨씬 지나도 의사소통이 전혀 되지 않는 작은아이와 여섯 살을 넘어 일곱 살이 되어도 가족에 대한 개념이

전혀 잡혀 있지 않은 큰아이가 내 눈앞에 있었다. 침대에 누워 백수가 된 내 신세를 한탄할 시간이 없었다. 벌떡 일어나 육아서를 뒤지기 시작했다. 인터넷을 뒤져 워킹맘을 둔 다른 아이들의 사례를 검색해보았다. 하지만 어디에도 내 문제를 꼭 짚어 조언해줄 수 있는 곳은 없어 보였다.

엄마란 도대체 어떤 존재여야 한단 말인가? 우리 부부는 소아정신과 문을 두드렸다. 먼저, 우리가 과연 부모로서 자질이 있는지 확인받고 싶었다. 다행히 남편도 나도 좋은 부모가 될 만한 조건은 충족했다. 의사는 우리 부부에게 따로 부모 교육을 받을 필요는 없지만, 아이들은 태어나자마자 오랜 기간 부모의 부재로 정서에 치명적인 영향을 받았을 수도 있으니 검사받기를 권했다. 의사소통이 안 되는 작은 아이는 검사를 받을 수 없었고 큰아이만 지능검사, 정서검사 등 여러 가지 검사를 받았다. 다행히 아직 문제 행동이 포착되진 않았지만, 부모와 자녀 사이에 애착이 전무한 상태로 애착 형성에 있어 문제가 심각했다. 큰아이에게 부모의 존재는 없다고 볼 수 있었다.

가족을 그려보라는 미술심리치료사의 말에 일곱 살 큰아이는 자신과 동생만 그렸다고 했다. “더 그릴 사람 없어?” 하고 물었더니 “없어요.”라고 답했단다. 소아정신과 의사가 ‘주말부부’를 비유하여 이야기를 시작했다. 주말부부란 말은 존재하지만 실제로 주말부부는 존재하지 않는다. 함께 살아야 부부지 떨어져 살면 그건 이미 부부가 아니란 말이다. 성인은 주말부부도 부부라 규정한다. 하지만 주말에만 보는 것으로 부부의 정이 쌓인다고 볼 수 없다. 그렇다면 아이들이 한 달에 한두 번 보는 사람들을 부모로 받아들일까? 그럴 경우, 아이들은 부모로 받아들일 수 없고, 부모로 규정하지도 못한다. 즉, 큰아이는 동생 한 명만 자신의 가족 구성원으로 인식하고 있으며, 엄마인 나를 사랑하는 사람, 즉 '애인'으로 받아들이고 있다고 했다. 사랑하지만 항상 자신을 기다리게 만들고 그래서 실망시키는 존재로서의 '애인' 말이다. 아이에게 "엄마 바꾸고 싶어."란 말은 곧 사랑했던 성인 남녀가 할 법한 "우리 헤어져."와 같은 말이었다.

"제가 어떻게 해야 할까요?"

소아정신과 의사는 고민하는 나를 격려했다. 엄마들 대부분은 아이들이 보내는 구조 요청 신호에 너무나 둔감하고, 아이들이 사춘기가 되어 문제 행동을 보여야 소아정신과 문을 두드리는 것이 현실이란다. 그것도 부모가 직접 방문한 경우엔 의사가 고마워해야 할 정도란다. 주로 가해자가 되어 학교에서 아이를 병원으로 보내는 경우가 많고, 이런 경우에도 대부분 부모는 자녀의 문제를 받아들이지 못한다. 아이를 세심하게 관찰하고 아이와 함께 고민하는 부모라면 그 아이들은 잘 자랄 것이라고 의사는 확신했다.

부모와의 애착 형성은 이후 맺게 되는 모든 관계의 기초가 된다. 부모와 애착 형성이 되지 않은 아이는 이후 친구와의 관계 맺기에도 어려움을 겪는다. 이런 어려움은 성인이 되어 자신의 가정을 꾸린 후에도 영향을 미친다. 가족이라는 공동체의 최소 단위에서 사회성을 충분히 경험해보는 것은 그래서 중요하다. 초보 엄마로서 내 아이들과 애착을 형성하기 위해서는 먼저 나 자신에 대한 신뢰를 회복해야 했다. 자신에 대한 믿음과 신뢰를 바탕으로 무조건적인 긍정의 자세로 아이들을 포용하고 진심으로 내 아이들의 감정에 공감하기 위해 노력하기로 했다.

지금 우리 가족에게 가장 필요한 건 아이들과 함께하는 시간을 충분히 확보하는 거였다. 하다가 힘들어 중간에 포기하면 또 한 번 아이들에게 실망을 줄 것 같았다. 그래서 나는 오래 지속하기 위해 짧은 시간에 집중하기로 했다. 먼저 일정한 요일의 일정한 시간을 정했다. 엄마가 항상 그 자리에 늘 있는 사람이 될 수는 없다 해도, 예를 들어 월요일 3시부터 5시까지는 반드시 놀아주는 사람이 되어야 했다. 아이들과 함께 있는 시간엔 먹지도, 화장실에 가지도, 전화를 받지도 않을 정도로 아이와 노는 것에만 집중하기로 했다. 여기서 중요한 것은 놀이의 주도권을 오롯이 아이에게 주는 것이다. 아이와 함께하는 놀이에서 아이가 감독, 엄마는 배우여야 한다. 칭얼대는 갓난아이가 모자 관계의 주도권을 쥐듯 아이와 초기 관계를 형성하는 데 관건은 아이에게 주도권을 주는 것이다.

아무리 아이를 위한 일이라지만 주도권을 완전히 아이에게 넘기는 건 매우 어려웠다. 처음엔 효과가 있는지도 의심스러웠다. 아이들은 엄마와 하는 놀이에 재미를 느끼지 못하는 듯했고 놀이의 규칙을 지키는 것도 버거워 보였다. 놀이가 제 뜻대로 진행되지 않으면 공격적인 행동을 보이기도 했다. 하지만 "시간이 약이다."란 말은 맞았다. 시간이 지나면서 내가 왜 아이들과 이 힘든 과정을 해야 하는지 이해가 되었다. 1년쯤 지나자 나와 아이들 사이에 애착이 생겼음을 느낄 수 있었다. 아이들도 나도 드라마에서나 봤던 끈끈하고 절절한 그 무엇을 느끼고 있었다.

애착 형성이 되었으니 이젠 부모로서 아이들에게 다가가야 할 차례다. 부모란 과연 어떤 존재일까? 관동대학교 정신건강의학과 김현수 교수는 부모는 진정한 어른이어야 한다고 강조한다. 그는 부모로서 금기해야 할 목소리로 '하라, 하지 마라'의 명령의 목소리, '이렇게 되었으면 좋겠다, 저렇게 되었으면 좋겠다'의 소망의 목소리, '나에게 이렇게 해달라, 저렇게 해달라'의 부담의 목소리를 들었다. 부모라면 진정한 어른의 목소리로 자녀와 대화해야 한다고 강조한다.

나는 진정한 어른이라 할 수 있을까? 생각할수록 스스로를 움츠러들게 만드는 질문이다. 난 진정한 어른의 목소리를 가지고 있을까? 아이들에게 말하기에 앞서 내 목소리를 들어본다. 온통 금기의 목소리 일색이다. 난 내가 진정한 어른의 목소리를 지니지 못한, 덜 자란 어른이란 걸 인정해야만 했다. 부모라 하기에 너무나 미성숙한 존재이기 때문에 우리 부부에게 삶을 이끌어줄 가치가 더욱 절실했다. 그렇다면 이러한 위대한 가치는 어디에서 배울 수 있을까? 인류 지혜의 보고寶庫, 인문학의 선각자들이 남긴 책이라면 우리는 이런 가치들을 배울 수 있지 않을까? 아이들과 함께 책을 읽고 이야기를 나누어야 했던 이유도 바로 여기에 있다.

부모로서 진정한 어른이 되는 것과 어른의 목소리를 내는 것은 하루아침에 되지 않았다. 하지만 아이들이 골라온 책들을 읽어주며 좋은 책을 통해 작가나 책 속 등장인물의 목소리로 내 목소리를 대신하는 것은 상당한 효과가 있었다. 부모가 된다는 건 다시 성장할 수 있는 기회를 얻는 것과 같다. 애착 형성 프로젝트 이후 함께 읽기를 진행하면서 아이들이 성장하는 모습을 지켜보는 것도 흐뭇한 경험이었지만, 나도 남편도 그런 아이들을 통해 배운 것이 더 많았다. 그렇게 온 가족이 다 함께 매일매일 조금씩 자라는 경험은 그동안 내가 했던 그 어떤 일보다 더 높은 성취감과 만족감을 주었다.

이상한 나라에서 다시 시작하기

비가 추적추적 내렸다. 여긴 경기도 파주, 서울에서 한 시간 이상 북

쪽으로 운전해야 올 수 있는 곳이다. 맞벌이에서 외벌이로 변신한 우리 가족이 살기에 적합한 곳을 찾아 여기까지 왔다. 짐 정리는 뒷전으로 미루고 나는 혼자 집을 나섰다. 낡고 초라한 육교를 건너 한참을 걸었다. 골목골목 구멍가게와 철물점, 방앗간과 다방이 있고 5일장이 선다는 이곳 시내는 옛 모습을 간직하고 있는 듯했다.

어린아이 둘을 데리고 이사 다니는 게 엄두가 안 나서, 무리하게 은행 대출을 받아 서울의 아파트를 샀더랬다. 남편이 출퇴근하기에 멀지 않고, 아이들을 유치원에 데려다주고 출근해도 늦지 않을 만큼 아침 일찍 문을 열어 늦은 시간까지 아이들을 돌봐주는 유치원이 아파트 단지 내에 있는 곳. 서울에 아무 연고가 없는 우리 같은 맞벌이 부부를 위한 맞춤형 아파트였다. 하지만 내가 직장을 그만두자 맞벌이에 최적화된 우리 집 살림살이를 외벌이에 맞추어 정비해야 했고, 이자며 대출금 상환이며 비싼 유치원비가 부담이 되었다. 어렵사리 구한 우리의 보금자리를 팔아야 했다.

버스도 지하철도 다니지 않는 이곳에서 나는 다시 시작해야 한다. 하지만 어떻게? 한참을 걸었나 보다. 비 오는 날이면 더욱 심해지는 팔의 통증 때문에 우산을 받쳐 드는 것이 힘들었다. 터덜터덜 발걸음도 무거웠다. 이곳엔 잠깐 들러 커피 한잔할 수 있는 곳도 없었다. 그때 마침 아담한 성당이 내 시야에 들어왔다. 성당 안으로 들어가 가장 앞자리에 앉아 두 손을 모았다.

'이곳에서 잘 살아갈 수 있도록 저를 이끌어주세요.'

나도 모르게 눈물이 주르륵 흘러내렸다. 그동안 아르바이트를 서너 개씩 하며 공부했고 참 열심히 살았다. 결혼하고 가정을 꾸리며 내 책임을 다하기 위해 누구보다 열심히. 하지만 지금 내게 남은 건? 병든 몸뚱이뿐이었다. 외벌이가 되면서 부담이 배가 된 남편과 외로웠던 두 아이, 살얼음 위에 우리 가족이 위태롭게 서 있었다. 그토록 붙들어두고 싶었던 나의 일은 멀리멀리 날아가고 없었다. 매달 정성껏 쏟아부어 겨우 가질 수 있었던 우리의 보금자리도 이젠 없었다. 아무리 발버둥쳐 노력해도 인생은 그렇게 나를 원점으로 데려다 놓았다. 성당을 막 나오려는데 내 뒤통수를 무언가가 막 잡아끌었다. 다름 아닌 성당 벽 한 켠에 붙어 있는 전단지였다.

아이를 교육하기 전에 나를 먼저 교육해요

사랑스런 우리 아이가 멋진 아이,
책을 좋아하는 아이로 자랐으면 좋겠지요.
훌륭한 아이는 좋은 부모 밑에서 자란다고 합니다.
그런데 누군 처음부터 좋은 부모로 태어나나요?
좋은 부모가 되기 위해 공부하면 되는 거죠.

'꼬마책갈피'는 이런 부모가 되려고 합니다!

아이에게 책을 읽으라고 하기 전에 먼저 책을 읽는 부모,
아이 잘못을 나무라기 전에 먼저 이해해주는 부모,
사교육 없이 아이를 키워도 주눅 들지 않는 부모,
옆집 아이가 잘해도 부러워하지 않는 부모,
대안 교육의 길을 열어주는 부모가 되기 위해 공부합니다.

아이들을 위한 다양한 프로그램을 기획해봅니다

공부하다 보면 내 아이의
교육을 담당하는 창의적인
교육기획자가 될 수 있어요.

어떻게 공부할까요?

어린이 책을 읽고 토론합니다.
물론 우리는 실수투성이 초보 토론가입니다.
어른 책도 읽습니다.
왜 그렇게 반성할 게 많은지 모르겠어요.

성당 옆 공터엔 자세히 보지 않으면 보이지 않을 정도로 작은 도서관이 하나 있었다. 컨테이너로 만든 그 도서관에서 이 지역의 엄마들이 모여 책 모임을 하고 있었다. 엄마들이 삼고초려 하여 얻어낸 공터와 컨테이너에는 새로운 세상이 있었다. 그들은 먼저 엄마들과 아이들이 읽어야 할 책 목록을 만들고, 월 만 원을 걷어 헌책방과 출판단지를 돌며 싼 값에 책들을 사들였다. 좋은 책이 어느 정도 쌓이자 서가를 만들고 라벨링을 하여 책을 관리했다. 지역 도서관이 없던 때,

이 지역 엄마들은 책을 빌리기 위해 아이들과 컨테이너 도서관을 들락날락했고, 그렇게 입소문을 타면서 이 작은 도서관은 이 지역의 명물이 되었다.

지역 여성들이 힘을 모아 만든 작은 도서관은 많은 일을 할 수 있는 문화 공간이 되었다. 책을 이용한 문화 프로그램을 운영하면서 때론 공연장으로, 지역의 현안을 논의하는 사랑방으로, 벼룩시장이나 나눔 장터를 하는 행사장으로 사용되었다. 엄마들은 직접 만든 작은 도서관을 중심으로 공동 육아, 사교육 없는 자립 교육을 실현하고 있었다.

'아! 이렇게 살면 되겠구나.'

그동안 외국계 회사에서 일하면서 또 해외 출장을 다니면서 나는 외국어로 해야 하는 의사소통에 불편함을 느끼곤 했다. 두 개 이상의 외국어 활용 능력은 필수였고, 외국어 구사 능력은 인사고과에도 큰 비중을 차지했다. 회사에서 받는 스트레스가 자연스레 내 아이들의 교육에도 영향을 미쳤다. 서울에서 워킹맘들이 영어 유치원과 일반 유치원을 두고 고민할 때, 언어 습득의 '결정적 시기'를 놓치면 안 된다며 조기 유학을 보내는 아이 친구 엄마들을 볼 때, 나는 비슷한 고민을 했다. 그랬던 내게 이곳은 진짜 '이상한 나라'였다. 이상한 나라의 앨리스가 토끼 굴에 빠지듯 나는 기꺼이 컨테이너 도서관에 풍덩 빠져 보기로 했다.

책 모임에서 가장 먼저 만난 책은 짐 트렐리즈의 《하루 15분, 책 읽어주기의 힘》이었다. 하루 단 15분만 아이들과 함께 책을 읽어보기로 작심했다. 엄마들과는 일주일에 하루 날을 정하고 만나 그 주에 아이들과 읽은 책들을 소개하고 이야기를 나눴다. 아이들과 나는 '깊은 슬픔은 별이 된다'는 권정생을 함께 읽고, '그래도 세상은 아름답다'는 바버러 쿠니를 함께 읽었다. 세상에서 '가장 대담하고, 신나고, 뻔뻔스럽고, 재미있는' 로알드 달을 함께 읽고, '뒤죽박죽 별장의 무척 힘이 센 꼬마 이야기' 아스트리드 린드그렌을 함께 읽었다. 나는 그렇게 책 읽어주는 엄마가 되었다.

아이들과 어린이 책을 함께 읽으며 내 속에도 아물지 않은 상처를 가진 아이가 있음을 어렴풋이 느낄 때쯤, 우리는 존 가트맨과 최성애 박사의 《내 아이를 위한 감정코칭》을 함께 읽었다. 무언가 새롭게 배우기 전에 우리 속의 내면아이inner child부터 보살펴주어야 한다는 것에 동의했다. 인식하지 못했지만 원 가정에서 또 사회로부터 인정받지 못해 내 속으로 숨어버린 내면아이를 먼저 보살펴야 할 시간이었다. 긍정적인 감정만큼 부정적인 감정도 소중하게 다루어져야 했다.

매일 발 도장을 찍었던 동네 어린이 도서관에서 아이들이 직접 골라온 책을 읽어주며 나는 소통의 언어를 발견했다. 어린이 책으로 내 아이들에게 말 걸기를 시도했다. 엄마인 내가 너희를 얼마나 그리워했는지 또 얼마나 사랑하고 있는지, 마음속엔 가득했지만 차마 입 밖으로 내보내지 못한 아름답고 진실한 언어들을 어린이 책을 통해 아이들에게 전했다. 엄마에 대한 그리움이 너무 깊어 얼음처럼 차갑고 단단하게 변한 아이들 마음 속 벽도 스르르 녹아내렸다.

내 아이들과 가까워질수록 내 내면아이 또한 치유되는 듯한 느낌을 받았다. 카를 융은 타고난 모습 그대로의 자연스러운 아이를 가리켜 '놀라운 아이'라고 불렀다. 그 아이는 타고난 잠재력과 경이로움 또는 창조적인 존재가 될 수 있는 모든 요소를 가지고 있기 때문이다. 《상처받은 내면아이 치유》의 저자 존 브래드쇼는 내면아이가 치유되어 자아와 통합이 이루어지면, 내면아이는 그 사람에게 새로운 재생과 원기가 되는 자원이 된다고 말했다. 내 안에 감추어져 있던 내면아이가 우리 아이들과 만나 여러 가지 재미있는 일들을 만들어냈다. 내 내면아이는 아이들이 원하는 방식을 잘 알아차렸다. 두 딸은 새로운 친구를 만난 듯 신났고, 우울하던 집안 분위기에도 활기가 찾아왔다. 제2의 성장통을 겪고 있는 남편도 다시 꿈을 꾸게 되었다.

유치원도 학원도 다니지 않아 상대적으로 시간이 많아진 아이들과 나는 다양한 책 읽기를 시도했다. 그림책, 어린이 책을 읽듯 외국어로 쓰인 동화책도 함께 읽었다. 이미 책을 좋아하게 된 아이들은 외국어로 쓰인 책이라고 해서 거부감을 느끼지 않았다. 단어 하나하나의 뜻에 집중한다기보다 노래를 부르듯 리듬을 살려 소리 내어 읽으니, 우리말에는 없는 새로운 소리들과 새로운 활자들이 아이들의 호기심을 자극하기도 했다. 색다른 재미를 느끼고 싶은 날엔 외국어 책들을 한아름 쌓아놓고 뒹굴거리며 함께 읽었다. 내가 아이들에게 남겨주고 싶었던 외국어 유산도 함께 읽기로 가능한 일이었다.

오랜 기간 서울 생활을 하며 인생에서 이루어놓은 얼마 되지 않는 것들마저 잃어버리지 않을까 노심초사했던 시간들이 있었다. 무리하게 대출받아 산 집과 애써 쌓아올린 나의 커리어를 잃게 될까 봐 두려웠던 적도 있었다. 그 두 가지를 포기하고 이곳에서 찾은 것은 경제적으로 넉넉하진 않지만 단란한 가정, 오래 잊고 살았던 나의 동심과 남편의 꿈, 그리고 새로 시작한 나의 일이다. 어느 것이 더 소중할까? 우리 가족은 고민할 것도 없이 후자를 꼽는다. 오늘도 우리 가족은 함께 도서관 나들이를 하며 소중한 가치들을 하나씩 되찾는 보물찾기를 하고 있다.

온 가족 함께 모여 책을 읽다

가족

1 소명

난 왜 태어난 걸까

그저 하염없이 눈물만 흘러내렸다. 새벽 시간 혼자 출근 준비를 하는 남편에게도, 할머니의 손맛 가득했던 건강한 밥상 대신 엄마가 준비한 엉성한 식탁을 마주해야 하는 아이들에게도, 나는 그저 쥐구멍이 있다면 들어가 숨고 싶은 마음만 들었다. 내 딴엔 정성 들인 음식도 겨우 먹을 수 있는 수준이었고, 공들여 집안 청소를 해도 티가 나지 않았다. 육체 노동자로서 쓸모가 없어진 나는 나의 생산성 없음에 그저 한숨만 나왔다.

'난 왜 태어난 걸까?'

바닥을 치닫는 수치심 속에 희망의 지푸라기는 이 마음의 상태를 어서 벗어나야 한다는 강렬한 외침이었다. 그 외침을 따라 결혼할 때 언니가 사준 29인치 뚱땡이 텔레비전을 내다 버렸다. 텔레비전을 보는 것이 아니라면 무엇이라도 하겠다는 일종의 선언이었다. 텔레비전을 버리는 의식을 치르며 나는 다시 일어나보자 다짐했다.

세상을 아름답게 만드는 일

미스 럼피우스

바버러 쿠니 글·그림 | 우미경 옮김 | 시공주니어

텔레비전과 결별하고 집은 것이 바버러 쿠니의 《미스 럼피우스》다. 바버러 쿠니는 내가 가장 좋아하는 그림책 작가다. 그녀는 세상을 떠나기 전까지 100권이 넘는 아름다운 그림책을 남겼다. 1983년 전미도서상과 〈뉴욕 타임스〉의 올해의 최고 도서상을 받기도 한 《미스 럼피우스》는 내 인생 최고의 책이다. '난 왜 태어났을까?'라는 질문이 나를 사로잡아 도망치고 싶은 날엔 《미스 럼피우스》를 꺼내 든다. 이 책을 읽으면 내가 왜 태어났는지, 내가 무얼 해야 하는지 조금은 알

것 같다. 여러 번 읽어도 읽을 때마다 새로운 감동을 준다.

앨리스는 저녁이면 할아버지 무릎에 앉아 할아버지가 해주시는 여행 이야기를 듣곤 했다. 앨리스는 어른이 되면 아주 먼 곳에 가보고, 할머니가 되면 바닷가에 와서 살 거라고 말했다. 그런 앨리스에게 할아버지는 세상을 더 아름답게 할 일을 잊지 말라고 말씀하셨다.

어른이 된 앨리스는 세상을 아름답게 만드는 일을 하기 시작한다. 그녀는 멀리 떨어진 다른 도시의 도서관에서 사람들이 원하는 책을 찾아주는 일을 했는데, 거기 사람들은 앨리스를 미스 럼피우스라고 불렀다. 어느 겨울날, 미스 럼피우스는 긴 여행에 나선다. 열대의 섬을 경험하고, 만년설이 덮인 봉우리에 오르고, 정글을 뚫고 지나가고, 사막을 횡단하며 사자가 노는 것을 보고, 캥거루가 뛰어다니는 것도 보고, 결코 잊을 수 없는 친구들을 사귄다.

나이가 든 미스 럼피우스는 병이 들고, 어린 시절 꿈꾸었던 바닷가 집에서 날마다 누워 지내다시피 한다. 그러던 어느 날, 침대 맡 창밖에서 자신이 뿌린 꽃씨가 바위투성이 땅을 뚫고 꽃을 피운 것을 보고 다시 일어난다. "내가 해야 할 일이 한 가지 더 남아 있어. 난 세상을 더 아름답게 할 무슨 일인가를 해야 해."

근사한 생각이 떠오른 미스 럼피우스는 루핀 꽃씨를 온 동네에 한 움큼씩 뿌리고 다닌다. 이듬해 봄, 온 마을에 루핀 꽃이 가득 피어난다. 학교에도, 교회 뒷마당에도, 도랑에도, 돌담 곁에도 아름다운 루핀 꽃들이 가득하다. 마침내 미스 럼피우스는 세상을 아름답게 만드는 일을 해낸 것이다.

미스 럼피우스가 몸져누워 있는 장면에서 나는 마치 거울 속에 비친 내 모습을 보는 것 같았다. 하루 대부분을 침대에 누워서 보내고 있던 나에게, 미스 럼피우스가 "다시 일어나 세상을 아름답게 만드는 일을 해봐!"라고 속삭이는 것 같았다. 미스 럼피우스를 다시 일어나게 한 것이 바위투성이 땅에서 피어난 한 송이 루핀 꽃이었다면, 나를 다시 일어나게 한 건 바버러 쿠니의 루핀 꽃향기 가득한 그림책 《미스 럼피우스》였다. 나도 세상을 아름답게 하는 일을 할 수 있다면 얼마나 좋을까? 병상에서 일어나 온 마을을 아름답게 만든 미스 럼피우스처럼 나도 무언가 하고 싶어졌다. 하지만 어떻게? 미스 럼피우스가 자기만의 방식으로 그 일을 해냈듯 나도 나만의 방식을 찾아야 했다. '난 왜 태어난 걸까?'의 질문에서 '난 해야 할 일이 한 가지 더 남아 있어. 난 세상을 더 아름답게 할 무슨 일인가를 해야 해.'라는 해답을 구한 순간이었다.

나만의 방식을 찾기 위해 그림책을 좀 더 읽기로 했다. 매일 도서관에 가서 그날 읽을 그림책을 빌려와 아이들이 그만 듣고 싶다고 할 때까지 읽어주었다. 아이들과 함께 책을 읽으며 나는 다시 기쁨을 찾았다. 책을 읽어주는 일은 그야말로 새로운 세상이었다. 퇴사 후 처음으로 행복이 다시 찾아왔고 아이들의 얼굴에도 미소가 드리워졌다. 팔과 어깨의 통증도 덜 느낄 수 있었다.

수치심과 결별하기

아이들에게 그림책을 읽어줄 땐 한없이 행복했지만 일상에서의 나는 아내와 엄마, 어느 것에도 적응하지 못했다. 육아와 가사, 엄마와 아내의 기본 역량이라 할 이 두 가지 어느 것도 제대로 해내지 못했고, 그런 내가 부끄럽기만 했다. 마치 일하기 위해 태어난 사람처럼 난 그저 호시탐탐 다시 직장으로 돌아갈 궁리만 했다. 미스 럼피우스처럼 자신만의 방식으로 세상을 아름답게 만드는 일을 해보자고 다짐했건만, 밤잠 설치며 인터넷 취업 사이트를 기웃거렸다. 그 무렵 우연히 들린 동사무소에서 나처럼 육아에 어려움을 겪는 엄마들을 위한 무료 집단 상담 과정이 있다는 걸 알게 되었다. 특이하게도 남자 상담사가 진행하는 프로그램이었다. 그는 한 가정의 가장으로서 직장을 그만두고 상담사가 되기까지 내가 겪은 것보다 더 깊은 고민을 했던 모양이다. 상담사로서 또 비슷한 경험을 한 선배로서 그는 내게 딱 맞는 조언을 해주었다. 그의 커리큘럼을 따라가며 하나하나 내 현실에 적용해보았다.

각자의 현실에서 서로 다른 수치심을 느끼고 있었던 열 명의 내담자들은 권정생의 《강아지똥》과 우쓰기 미호의 《치킨 마스크》를 함께 읽었다. 두 책은 자신감 없는 아이들에게 따뜻한 격려를 아낌없이 보내고 있었다. 스스로를 있는 그대로 받아들이며 사랑하라는 이 책들은 아이들은 물론 나를 위한 것이기도 했다. 깊은 감동이 밀려왔다. 지금 필요한 건 퇴사 후 찾아온 수치심과의 결별이었다. 상담사는 내가 해서 기쁜 일을 찾아보라고 조언했다. 집으로 돌아와 내가 해서 기쁘고 또 가족에게도 기쁨을 줄 수 있는 일을 고민했다. 내가 잘 못하는 일들은 과감하게 도움을 요청하자! 집안일을 안 할 수는 없으니 음식 장만은 최대한 도움을 받고 집안 청소는 일주일에 한 번만 하기로 정했다. 그리고 나도 아이들도 좋아하는 책 읽어주기에 집중하기로 했다. 어느덧 수치심 가득했던 내 마음도 한결 가벼워졌다.

수치심은 자신이 못하는 것을 놓지 못하고 자신이 잘하는 것을 스스로 알아보지 못할 때 생기는 부정적인 감정이다. 자신이 못하는 일이 있다면 그것을 인정하고 받아들여야 한다. 세상의 모든 엄마가 가사와 육아를 잘할까? 결혼과 동시에 가사와 육아라는 새 소명이 생겼다고 해도 혼자서 끙끙댈 일이 아니다. 가족이 함께 행복하기 위한 가사와 육아가 엄마만의 몫도 아니니까.

나의 소명을 찾아서

강아지똥

권정생 글 | 정승각 그림 | 길벗어린이

권정생의 《강아지똥》은 보잘것없는 강아지똥이 자신의 소명을 찾아가는 여정 속에서 삶을 소중하게 받아들이게 된다는 내용으로 어린아이도 이해하기 쉽게 쓴 그림책이다.

"넌 똥 중에서도 가장 더러운 개똥이야!" 보는 이들마다 강아지똥을 피하거나 놀린다. 더럽고 냄새나는 존재로 세상에 태어나 서러운 강아지똥은 그만 울음을 터뜨린다. 그때 소달구지에서 떨어진 흙덩이가 말을 건다. "정말은 내가 너보다 더 흉측하고 더러울지 몰라……." 산비탈 밭에서 곡식도 가꾸고 채소도 키웠던 흙덩이는 극심한 가뭄을 만나 아기 고추들을 살리지 못하고 말려 죽이고 말았다. 자신이 맡은 일을 충실히 하지 못한 흙덩이는 그렇게 강아지똥을 위로하며 자책한다.

직장을 그만둔 후 내 역할을 충실히 해내지 못하고 있는 나는 냄새나고 더러운 존재로 태어나 스스로를 아무짝에도 쓸모없다고 생각하는 강아지똥에, 회사의 대대적인 구조 조정을 앞두고 한껏 움츠러든 남편은 곡식과 채소를 잘 키워야 할 소명을 타고났지만 제대로 해내지 못해 자책하는 흙덩이에 온전히 감정이입했다. 자신이 쓸모없다고 여기는 순간 수치심이 생기고, 주어진 소명을 다하지 못한다는 죄책감에 시달릴 수밖에 없다.

소달구지 아저씨는 떨어진 흙덩이를 소중하게 주워 도로 밭에다 갖다 놓는다. 가물어서 아기 고추들이 죽어버린 건 흙덩이의 잘못이 아니다. 흙덩이는 다시 자기 자리로 돌아가 자신의 소명을 다하면 된다. 남편이 구조 조정 대상자가 된다 하더라도 그건 남편의 잘못이 아니다. 남편은 또 다른 자리에서 자신에게 주어질 새로운 소명에 최선을 다하면 된다. 다시 혼자가 된 강아지똥 앞에 파란 민들레 싹이 돋아난다. "난 예쁜 꽃을 피우는 민들레야." 강아지똥은 민들레가 부러워 그저 한숨만 나온다. "그런데 한 가지 꼭 필요한 게 있어." "네가 거름이 돼 줘야 한단다." "네 몸뚱이를 고스란히 녹여 내 몸속으로 들어와야 해. 그래야만 별처럼 고운 꽃이 핀단다." 그렇게 민들레 싹은 강아지똥에게 말을 걸어온다.

민들레꽃을 피우는 데 꼭 필요한 존재라는 사실을 알게 된 강아지똥은 얼마나 기뻤는지 민들레 싹을 힘껏 껴안는다. 사흘 동안 비가 내리고 강아지똥은 온몸이 자디잘게 부서진 채 땅속으로 스며들어 민들레 뿌리로 모여들고 줄기를 타고 올라가 꽃봉오리를 맺는다. 민들레 싹은 한 송이 아름다운 꽃을 피워내고, 그 꽃송이엔 강아지똥의 사랑이 가득 어린다. 강아지똥은 민들레꽃을 피워냄으로써 자신의 소명을 찾고 존재 가치를 드러내게 된 것이다.

권정생 작가의 삶이 고스란히 녹아든 그림책 《강아지똥》은 아름다움의 이면에는 대가 없는 희생이 따른다는 사실을 넌지시 알려준다. 나의 소명은 무엇이며, 난 과연 어떤 희생을 할 수 있을까?

그래도 난 내가 좋아

사람들은 타인과의 공생을 강조한다. 혼자 살아갈 수 없는 세상에서 더불어 잘 살아가기 위해서는 타인에 대한 공감 능력은 물론, 타인을 용서하고 타인과 화해하는 능력이 필요하다고 말이다. 하지만 나는 외부로 향한 시선을 돌려 자신의 내부를 들여다보는 작업이 우선되어야 한다고 생각한다.

치킨 마스크

우쓰기 미호 글·그림 | 장지현 옮김 | 책읽는곰

체육 시간에 자기와 같은 편이 되면 늘 지게 되니까 치킨 마스크는 괴롭다. 음악 시간에 다 함께 노래 연습을 할 때 음정이 안 맞는 자신의 목소리 때문에 치킨 마스크는 머리가 깨질 지경이다. 이런 상황에서 남들과 비교하니 치킨 마스크는 너무 초라하다. '그래, 난 뒤처진 아이이다.' '교실에는 내가 있을 곳이 없다.' '늘 방해만 되는 나 같은 애는 없는 게 나아.'라는 마음만 든다.

자신을 용서하는 것은 어렵다. 실수와 어리석음, 남에게 준 상처 등에 대한 기억은 시시때때로 나타나 나를 괴롭혔다. 그렇기 때문에 더욱 나를 용서해야 했다. 나의 존재를 긍정하기 위해 자신과 화해하는 능력은 반드시 필요하다. 완벽하지 않고 허술해도, 실수하고 잘못을 해도, 나의 부족한 부분을 받아들이고 그런 나를 인정하기 위해 노력해봐야 한다. 가족이 함께 책을 읽기 시작한 때가 내게는 그런 시점이었다. "남의 빛나는 부분을 곁눈질하지 마! 너의 빛나는 부분은 네 안에 있어." 치킨 마스크가 내게 준 선물이었다.

책이 만든 연결 고리

스스로 거듭나기 위한 노력이 시작되었다. 그것은 새로운 일을 하는 것이 아니라, 내가 하고 있는 일에서 의미를 찾고 그 일에 가치를 부여하는 거였다. 다른 엄마들이 맛있는 음식을 만들고 집안을 깨끗하게 하여 가족에게 사랑을 전하는 것처럼, 나도 그런 마음으로 그림책을 집었다. 나의 두 아이에게 맛있는 그림책 밥상을 차리고 재밌게 읽어주어 내 사랑을 전했다. 그림책에 담긴 단순하지만 진지한 삶의 이야기는 우리 가족의 일상에 큰 울림과 위로를 주었다.

침대에 누워서 또는 텔레비전 앞에서만 지내던 내가 다시 일어나 두 아이에게 읽어줄 책을 고르는 모습을 보고 남편도 끼어들었다. 우리 부부의 추억도 다시 떠올랐다. 나와 아이들이 함께하는 책 읽기 시간에 남편까지 함께하면서 가족의 밤 시간은 더욱 풍성해졌다. 그림책에 철학과 문학이 추가된 것이다. 아이들 관심사에 따라 역사와 사회, 과학과 예술로 그 분야도 확장되었다. 위기 상황을 맞닥뜨리면서 진통을 겪었던 우리 가족에게 '온 가족이 함께 읽기'는 다시 행복의 물꼬를 틀어주었다.

스스로 쓸모없다고 생각하며 느꼈던 우울함과 수치심을 떨쳐버릴 무렵, 미스 럼피우스가 꽃씨를 뿌리고 다니듯, 강아지똥이 민들레 싹을 껴안듯, 나도 공헌이란 것을 하고 싶다는 열망이 생겼다. 육체 노동자로서 육체는 더 이상 생산적으로 가동하지 않고 지식 노동자라고 하기에 턱없이 지식이 부족한 나지만, 내가 좋아하는 그림책이라는 소박하면서도 근사한 도구를 통해 다시 한 번 세상과 소통하고 싶었다.

나는 근처 초등학교의 문을 두드렸다. 그리고 초등학교에서 책 읽어주는 엄마가 되었다. 치킨 마스크가 동산의 식물들에게 물을 주듯, 나는 아이들에게 책을 읽어주었다. 함께 읽는다는 것은 여러 가지로 가능하다. 가족과 친구, 즉 어떤 누구라도 함께 읽으면 좋다. 영화와 책 읽기, 명화와 책 읽기 등 무엇 무엇과 함께 읽기도 가능하다. 그리고 철학과 문학 함께 읽기, 고전과 그림책 함께 읽기 등 책 속에서의 연결 가능성도 무궁무진하다. 책 덕분에 나도 나의 가족도 좀 더 의미 있는 존재가 되어가고 있다.

아빠의 편지

퇴사 후 힘들어하는 아내에게

당신을 처음 봤을 때가 생각나네. 좋아하는 일이 있으면 열정을 다해 돌진하던 당신이 참 멋있었어. 결혼을 하고 두 아이를 낳아 기르면서도, 일이라면 야근도 출장도 가리지 않고 늘 최선을 다했잖아. 그렇게 일하는 것을 좋아하던 당신이 직장을 그만두고 얼마나 상심이 컸을까. 더구나 아픈 몸으로 쉴 틈 없이 집안일과 육아를 도맡아 하고 있으니 얼마나 힘들까.

노자는 《도덕경》에서 "탁한 것을 고요히 하여 점점 맑아지게 할 수 있는 이는 누구겠습니까?"라고 질문하셨어. 사람마다 해석은 다르겠지만, 난 이 말을 "내 안에 밝음이 보이지 않을 때, 기다려라. 어둠을 바라보면서 시간이 지남을 기다려라. 그러면 언젠가 어둠 속에서 밝음을 보게 될 것이다."라고 해석하고 싶어. 바로 지금, 인생에서 가장 어두운 시기를 보내고 있는 당신에게 이 말이 도움이 되었으면 좋겠다.

옛날에 아프리카 코끼리가 강을 건너다가 그만 강물에서 한쪽

눈을 빠뜨리고 말았대. 눈이 툭 하고 떨어진 코끼리는 얼마나 당황했는지 강물 속 어딘가에 있을 자기 눈을 찾느라 버둥댔지. 코끼리가 눈을 찾느라 버둥대면 댈수록 강물은 오히려 진흙탕물이 되는 거야. 진흙탕물 속에서 잃어버린 눈을 찾기란 더욱 어려운 일이 됐지. 주변 동물들이 코끼리에게 외쳤어. "가만히 좀 있어 봐! 코끼리야. 진정해! 진정하라고!" 결국 코끼리는 동물들이 시키는 대로 멈춰 서서 엉망진창이 된 강물을 바라보기만 했어. 시간이 지나면서 진흙은 가라앉고 다시 맑아진 강물 속에서 코끼리는 반짝이고 있는 눈을 찾게 되었대.

아프리카 코끼리처럼 누구라도 소중한 무엇을 잃어버리면 그걸 다시 찾느라 허둥지둥하겠지. 하지만 진흙탕물이 된 마음을 고요하게 가라앉히고 자기 자신의 내면으로 들어가 질문을 던져봐야 돼. 나는 어떤 사람인가, 나는 어떨 때 능력을 발휘했으며 어떨 때 능력을 발휘하지 못했나, 무엇을 좋아하며 또 무엇을 싫어하나, 왜 우주는 나를 태어나게 했을까, 끊임없이 묻고 또 물어야 돼. 수백 번, 수천 번 물어봐야 해. 내가 누구인지 스스로에게 묻고 답을 얻어가는 과정은 금은보화를 얻는 것보다 귀한 일일 거야.

아프리카 코끼리의 이야기는 노자의 《도덕경》과 통하는 면이 있어. 곧은 나무는 목수의 눈에 먼저 띄어 베이지만, 구불구불해서 아무쩍에도 쓸모없어 보이는 나무는 산속에서 가장 오래 살아남는 것처럼 말이야. 능력이 먼저 발휘되었다고 기뻐만 할 일도 아니고, 능력이 아직 발휘되지 못했다고 슬퍼만 할 일도 아닌 거지. 나 자신을 기다려주고 또 지켜봐줘야 해.

'나는 무얼 해야 하나?'를 묻기 이전에 '내가 누구인가?'를 먼저 물어보길. 기다리며 질문하는 힘을 놓지 않길 바라. 나도 당신 옆에서 그렇게 해볼게.

함께 읽으면 좋은 책

어린이

《너는 어떤 씨앗이니?》 최숙희 글·그림 | 책읽는곰

《실베스트르》 에릭 바튀 글·그림 | 함정임 옮김 | 문학동네

《당나귀 실베스터와 요술 조약돌》 윌리암 스타이그 글·그림 | 이상경 옮김 | 다산기획

《세상에서 제일 힘센 수탉》 이호백 글 | 이억배 그림 | 재미마주

《꿈을 나르는 책 아주머니》 헤더 헨슨 글 | 데이비드 스몰 그림 | 김경미 옮김 | 비룡소

《너는 누구니?》 류일윤 글 | 노은정 그림 | 글뿌리

《나는 어린이입니다》 콜라스 귀트망 글 | 델핀 페레 그림 | 강인경 옮김 | 베틀북

청소년

《그 사람을 본 적이 있나요?》 김려령 글 | 장경혜 그림 | 문학동네

《공자 아저씨네 빵가게》 김선희 글 | 강경수 그림 | 주니어김영사

《이상한 나라의 앨리스》 루이스 캐럴 글 | 존 테니얼 그림 | 손영미 옮김 | 시공주니어

《난중일기》 이순신 글 | 노승석 옮김 | 민음사

성인

《하루 15분, 책 읽어주기의 힘》 짐 트렐리즈 글 | 눈사람 옮김 | 북라인

《죽음의 수용소에서》 빅터 프랭클 글 | 이시형 옮김 | 청아출판사

《도덕경》 노자 글 | 오강남 옮김 | 현암사

《현자들의 거짓말》 장클로드 카리에르 글 | 김장호 옮김 | 영림카디널

《미움받을 용기》 고가 후미타케·기시미 이치로 글 | 전경아 옮김 | 인플루엔셜

《행복해질 용기》 기시미 이치로 글 | 이용택 옮김 | 더좋은책

2 신화

옛날 옛적에
엄마, 아빠가 태어나기도 전에

"《심청전》이 삶과 죽음의 메시지를 담고 있다는 거, 알고 있었어요?"

식탁에서 남편과 마주 앉아 책을 보고 있다가 문득 말을 걸었다. 얼마 전 《심청전》을 다시 읽은 나는 이 책이 '효'를 이야기한다기보다 죽음을 불사한 영웅의 여정을 이야기한다는 걸 깨닫고 무릎을 탁 쳤다. 우리 신화 《바리데기》와 같이 읽으면 그 맛이 더 할 것 같아 신이 났다. 이야기로 풀어야 제맛인 우리나라 옛이야기를 아이들에게 들려주면서 우리 고전과 신화를 얹어 온 가족이 함께 읽으면 괜찮겠다 싶었다. 올해는 두 아이에게 옛이야기 밥을 많이 차려줘야겠다고 생각했다. 남들이 보면 참 유별난 대화지만 책 엮어 읽기에 신이 난 남편도 거들었다.

"내 생각도 그래. 《심청전》은 유교적 남성 중심 가부장제가 허울뿐이란 걸 통쾌하게 보여주는 것 같아. 당신은 우리 옛이야기와 고전을 한번 엮어봐. 난 우리의 신화를 융의 관점에서 한번 풀어볼게."

두근두근 줄넘기 대회

큰아이는 반 대항 단체 줄넘기 대회를 앞두고 연습이 한창이다. 줄을 넘은 횟수를 세어 등수를 매기는 모양이다. 줄에 걸려 넘어져 양쪽 무릎이 까지고, 발목이 삐기도 벌써 여러 번이다. 나머지 공부를 하는 아이처럼 아침 일찍 일어나 줄넘기를 하고 주말에도 연습했지만, 실력은 좀처럼 나아지지 않았다. 두 달간 열심히 노력하는 큰아이의 모습이 대견하기보다 안쓰럽기만 했다. 운동을 못하는 건 엄마, 아빠를 닮은 탓도 클 것이다.

대회 전날 아이는 엉엉 울고 말았다. 두 달 동안 최선을 다해봤지만 별 진전이 없었기 때문이다. 같은 반 친구들 중엔 '다리가 아프다, 발목이 아프다' 하면서 연습할 때마다 여럿 빠지기도 했단다. '나도 그래버릴까? 발목이 아파서 못하겠다고 할까?' '나 때문에 꼴등을 하면 친구들이 날 원망하지 않을까?' 눈물을 흘리며 고민에 고민을 거듭하던 순간, 아이는 선생님 말씀이 떠올랐다고 한다. 등수보다 반 전체가 함께하는 것이 우선이라는 말씀 말이다. 그렇다면 지금 와서 못 하겠다고 하는 건 비겁하다. 반 전체 등수가 자신 때문에 낮아진다고 해도, 같은 반 친구들이 자신을 원망한다고 해도 아이는 감당해보기로 했다. 다음 날, 다행히 대회에서 좋은 성적을 거두었다. 아이의 반은 300개 이상 줄을 넘어 교내에서 독보적으로 1등을 했단다.

줄넘기 대회를 마치고 집에 돌아오자마자 아이는 끙끙 앓기 시작했다. 열도 나고 콧물에 기침까지, 한여름인데 감기 몸살이 왔다. 대회 직전 아이는 너무 긴장한 탓에 옷이 흠뻑 젖을 정도로 식은땀을 흘렸단다. 아이 표현을 빌리면 '잔디밭에 물을 줘도 될' 만큼이었단다. 평소에는 발에 줄이 걸리기 일쑤였지만 대회에서만큼은 앞의 친구와 한 몸이 되어 몸을 맡겨보았다고 한다. 아니나 다를까, 중간에 아이 때문에 줄에 걸려 한바탕 소란이 일기도 했지만, "괜찮아, 다시 시작해." 라는 반 친구들의 격려에 끝까지 최선을 다했다는 것이다. 아이는 다음 날 결석할 만큼 크게 앓았지만 연신 싱글벙글 얼굴에 미소가 떠나지 않았다.

"엄마, 줄넘기 대회 정말 재밌었어. 다음에도 또 도전할 거야!"

고난 속으로 풍덩!

우리가 예방주사를 맞는 이유는 우리 몸속 백혈구에 질병에 대한 정보를 주기 위해서다. 병에 걸리지 않을 정도로 약하게 만든 병원체를 미리 투입하여 백혈구가 그 질병에 대비할 수 있도록 돕는 것이다. 신생아부터 만 12세까지 접종이 요구되는 예방주사는 무려 13종이고,

한 종류에 3번 이상 맞아야 하는 경우도 있으니, 예방접종표대로라면 평생 무려 40번이 넘게 맞아야 한다.

초등학교 4학년이 된 큰아이는 힘들다는 말을 자주 했다. 이제 크고 작은 고난들이 아이의 삶 속으로 들어올 때가 되었나 보다. 학교에서 배우는 과목들도, 여러 가지 활동들도 어려워지기 시작했다. 건강한 몸을 위해 예방주사를 맞아야 하는 것처럼, 건강한 마음을 위한 예방주사도 있지 않을까? 문득 옛이야기가 떠올랐다. 옛이야기를 많이 들으면 자연스레 담력이 커진다. 그건 옛이야기가 우리 정신의 면역체계를 만들어주기 때문이다. 그러니 우리 마음의 예방주사는 바로 옛이야기 아닐까? 건강한 몸만큼 건강한 마음 또한 평생에 걸쳐 좋은 영향을 미칠 터, 큰아이가 어렸을 때 옛이야기를 많이 들려주지 못한 것이 후회가 되었다. 지금이라도 옛이야기를 들려줄까? 늦은 감이 있었지만, 나는 서정오 선생님의 《옛이야기 보따리》를 집었다. 사춘기 초입에 들어서서 자신만의 관심사가 뚜렷해진 큰아이가 물었다.

"내가 아기야? 왜 옛이야기를 들어야 해?"

어릴 적, 텅 빈 집을 가득 채워주었던 전래동화책 세 권. 나는 그 책들을 달달 외울 정도로 읽고 또 읽었다. 엄마가 사촌 동생에게 그 책들을 물려주던 날, 나는 너무 아쉬워 엉엉 울었던 기억이 있다. 따뜻한 그림에 구수한 입담이 담뿍 담겨 있던 나의 책들. 그 책들은 동생의 동생에게로 전해져 내 곁에 없지만, 책 속 이야기가 준 감동은 아직도 남아 있다. 엄마가 되어 내 아이가 힘들어하는 모습을 보고 있는 지금, 그 이야기들이 떠올랐다. 삶과 죽음을 왔다 갔다 하며 목숨을 담보로 매달려야 했던 옛이야기 속 주인공들의 고난에 비하면, 지금 내게 닥친 고난은 고난 축에도 들지 못한다. 해학과 익살로 버무려진 그들의 고난 극복기를 읽으면서, 고난이 꼭 나쁜 것만은 아니라는 것을 배웠다. 더구나 고난을 헤쳐 나가는 과정에서 그들의 재치와 기지는 덤으로 얻을 수 있다. 내 삶이 완성되기 위해 고난은 반드시 필요한 것이다.

옛이야기 보따리

서정오 글 | 보리

나의 어릴 적 추억담에 반쯤 넘어온 큰아이는 《옛이야기 보따리》를 스스로 읽기 시작했다. 처음에는 무섭다고 하더니 한동안 아이는 밤마다 옛이야기 책을 찾았다. 그러더니 옛이야기 속 주인공들로부터 고난을 헤쳐나간 지혜를 전수받기라도 했는지 아이는 자신에게 닥친 고난을 받아들이기 시작했다. 아이가 가장 좋아하는 옛이야기는 〈호랑이 배 속 구경〉이다.

옛날에 소금 장수가 있었다. 이 소금 장수는 팔도 사방팔방 가지 않은 곳이 없었다. 그러다 보니 담이 엄청 커져서 웬만한 일에는 놀라는 법이 없었다. 하루는 산을 넘으려는데 집채만 한 호랑이가 입을 딱 벌리고 섰다. 소금 장수는 지게 끈을 풀어서 고리를 만들어 호랑이 목에 걸었다. 호랑이는 그런 소금 장수를 삼켜버렸다. 결국 호랑이 배 속에 들어 간 소금 장수는 배 속 구경을 하고 돌아다녔는데, 호랑이가 삼킨 토끼며 노루며 사슴이며, 어제 삼킨 대장장이도 보이고, 그제 삼킨 숯 장수도 보였다. 때마침 배가 고파오자, 소금 장수는 대장장이에게 칼을 빌려 호랑이 간이며, 콩팥이며, 살을 마구 베어냈다. 숯장수는 숯에 불을 피워 고기를 구웠고, 세 사람은 배가 터지도록 호랑이 고기를 먹었다. 호랑이는 배가 찢어질 듯 아파오더니 불에 덴 것처럼 속이 뜨거워져 울면서 펄쩍펄쩍 뛰고 코로 입으로 연기가 나오고 아주 난리가 났다. 소금 장수는 "이제 슬슬 밧줄을 당겨볼까?" 하더니 밧줄을 당기기 시작했다. 대장장이, 숯장수 모두 힘을 합쳐, 호랑이 목에 걸어놓은 밧줄을 힘껏 당겼다. 호랑이 머리가 쑥쑥 들어가더니 목구멍을 지나 배 속까지 들어왔다. 마침내 호랑이 머리가 창자를 지나서 똥구멍으로 쏙 빠져나왔다. 그러니까 호랑이가 홀랑 뒤집어진 거다. 안쪽이 바깥쪽이 되고, 바깥쪽이 안쪽이 되고, 그 바람에 배 속에 있던 소금 장수며 대장장이며 숯장수며 온갖 짐승이 한꺼번에 밖으로 나오게 되었다. "아이고, 호랑이 배 속 구경 한번 잘했네!" 하며 소금 장수는 벗어놓은 지게를 다시 짊어지고 길을 떠났다.

이런저런 고난을 겪어 단련된 소금 장수에게 호랑이 먹이가 된 사건은 그다지 큰 고난이 아니었다. 소금 장수는 그저 호랑이 배 속 구경 한번 잘했을 뿐이고, 호랑이 고기 한번 실컷 먹을 수 있었던 일일 뿐이다. 소금 장수의 용기와 지혜 덕분에 호랑이 먹이가 되었던 온갖 짐승과 대장장이, 숯장수도 호랑이 배 속을 빠져나올 수 있었다. 여기서 중요한 건 한 사람 한 사람이 자신의 역할을 하고 이들이 유기적으로 협력하여 고난에 맞설 때 어떠한 어려움도 이겨낼 수 있다는 메시지다. 내 삶에 고난이 닥친다면 소금 장수가 호랑이 배 속으로 들어갔듯 그 고난 속으로 풍덩 빠져야 한다. 이처럼 옛이야기는 내게 닥친 고난을 피하지 않고 맞닥뜨릴 수 있는 힘을 준다.

고난을 이겨낸 바리와 청이

새로운 부서에서 날마다 고난을 맞닥뜨려야 하는 남편과 가정 경제의 위기 속에서 무엇을 더 줄여야 할지를 고민하는 나는, 두 아이마저 고난 속으로 밀어 넣고 싶지 않았다. 현대를 살아가는 우리에게 '고난은 곧 결핍이며 결핍은 곧 불편함'이라는 공식이 은연중에 우리 부부의 머릿속에도 자리 잡은 걸까? 솔직히 말해 우리 두 아이에게만은 '고난은 피하는 것이 상책'이라고 말해주고 싶었다.

옛이야기 〈호랑이 배 속 구경〉이 제아무리 재밌다 한들, 용기백배 소금 장수라 해도 호랑이 배 속에서 살아나오지 못할 가능성이 훨씬 크다는 것을 우리는 이미 경험으로 아는 기성세대니까. 그래서 큰아이가 줄넘기 대회에 나가겠다고 했을 때, 대를 이어 물려받은 유전적인 결함(?)을 아이의 노력으로 이겨내기란 여간 어려운 일이 아님을 알기에 그저 말리고 싶었던 거다. 그러한 노력을 아이가 타고난 재능에, 적은 노력으로 큰 성취를 이루어낼 수 있는 다른 분야에 쏟기를 바랐다. 그게 훨씬 쉽고 빠른 길임을 알려주고 싶은 게 엄마, 아빠로서의 솔직한 심정이었다.

하지만 줄넘기 대회라는 '호랑이 배 속'에서 살아남아 한 뼘 더 성장한 큰아이의 모습을 지켜보면서, 반대로 줄넘기 대회에서 실패했다면 좌절함으로써 이전보다 더 단단해졌을 큰아이 모습을 상상하면서 느끼는 바가 많았다. 고난을 이겨내든, 고난 때문에 좌절을 경험하든 인간은 고난을 통해 성장한다. 아빠의 파업과 엄마의 퇴직이라는 우리 가족에게 찾아온 고난을 통해, 우리는 일체의 사교육과 결별하고 '좋은 책들'을 만나지 않았던가. 고난을 받아들이며 새로운 사람으로 성장하고 있음을 실감하고 있지 않은가.

우리 가족은 고난의 의미를 다시 한 번 새길 필요가 있었다. 온 가족이 함께 읽기 위해 《바리데기》와 《심청전》을 꺼냈다. 바리와 청이의 고난은 부모로부터 버림받은 데서 시작한다. 영웅 신화에서 장차 영웅이 될 아기는 태어나자마자 곧 버려지게 된다. 기존 권력, 집단적 가치 체계로부터 버림받음으로써 기존 질서를 개혁할 영웅으로 거듭나는 것이다.

태어나자마자 버림받은 바리는 아버지 오구대왕의 목숨을 구하기 위해 갖은 고초를 겪으며 저승 땅에서 약수를 구해오고, 청이는 앞 못

보는 아버지의 눈을 뜨게 하기 위해 공양미 300석에 팔려가 인당수에 몸을 던진다. 이렇게 본다면 《바리데기》와 《심청전》은 모두 부모 자식 간 '효'를 주제로 한 이야기로 보인다. 하지만 두 이야기의 결말을 들여다보면, 바리는 저승으로 들어서는 영혼들을 인도하는 죽음을 관장하는 신이 되었고, 청이는 아버지 심봉사의 눈을 뜨게 하고, 세상에 볼 수 없는 모든 것의 눈을 뜨게 한 구원의 여인이 되었다. 이부영은 《자기와 자기실현》에서 일곱 번째 공주로 태어나 부모로부터 버림받은 바리는 당시 남아선호사상의 피해자로서, 청이는 맹목적인 가부장제의 피해자로서, 기존의 집단적 가치 체계를 개혁할 영웅이 될 운명을 타고났다고 설명한다. 우리 가족은 이 두 이야기가 '효'를 넘어, 자기를 실현한 영웅들의 이야기임에 크게 공감했다.

바리데기

전국국어교사모임 기획 | 신동흔 글 | 휴머니스트

심청전

전국국어교사모임 기획 | 정출헌 글 | 휴머니스트

"엄마, 나도 바리와 청이처럼 고난 속으로 푹 들어갈 거야!"

두 아이는 언젠가 때가 되면 자신들이 가야 할 길을 찾아 모험의 여정에 나서겠다고 단단히 별렀다.

신화도 함께하면 좋아!

신화 역시 고난과 성장의 이야기로, 고난의 의미를 성장으로 연결시키는 힘은 신화 읽기에서 나온다. 고전문학뿐 아니라 신화 속에서도 수많은 고난의 해법을 찾을 수 있다.

신화학자 조지프 캠벨은 《신화의 힘》에서 "우리가 처한 상황이 어려우면 어려울수록, 우리에게 동화시키기가 까다로우면 까다로울수록 이것을 성취한 인간은 그만큼 위대해진다."라며 고난 속으로 들어갈 것을 강조한다.

신화의 힘

조지프 캠벨, 빌 모이어스 대담 | 이윤기 옮김 | 이끌리오

다이달로스의 미궁에 갇힌 괴물 미노타우로스를 죽인 테세우스는 그를 사랑한 아리아드네가 건넨 실 한 타래와 보검이 있었기에 미로를 빠져나올 수 있었다. 하지만 테세우스는 아리아드네를 버리고 고

향 아테네로 돌아간다. 사랑하는 이로부터 배신당한 상실감으로 하염없이 눈물을 흘리던 아리아드네는 결코 스스로를 파괴하지 않고 분노와 복수의 정염으로부터 자신을 지켜낸다. 그리고 그런 아리아드네는 훗날 하늘의 별이 된다.

고향 이타카를 찾아가는 오디세우스의 이야기는 길을 찾지 못하고 방황하는 인생을 이야기할 때 빠질 수 없다. 20년 동안 방황의 여정을 겪으며 이타카로 가는 길을 찾기 위해 저승까지 다녀온 오디세우스의 이야기에서 온전히 죽음을 무릅쓸 때에서야 비로소 나아갈 길이 열린다는 인생의 진리를 얻을 수 있다.

어찌할 수 없는 시련과 고통의 운명 앞에 서 있다면 절망하기에 앞서 신화 읽기를 추천한다. 신화 속 영웅들이 선택한 길에 비추어 우리의 삶을 돌아본다면 풀리지 않을 것만 같던 현실 속 문제를 풀 실마리를 얻을 수 있을 것이다. 고대인들이 고민하던 삶의 고민과 역경은 현대인들에게도 유효하다. 왜 사는지, 어떻게 살아야 하는지, 살아남기 위해 무엇을 어떻게 배워야 하는지는 방법의 문제만 달라졌을 뿐 본질적으로 같다. 지금 나에게 고난이 닥쳐와 어떻게 해결해야 할지 막막할 때, 순도 100퍼센트 농축 지혜를 찾아야 한다. 지금이 옛이야기나 신화가 필요한 시간이다.

아빠의 이야기

아빠의 고난 극복기 – 두려움에서 새로움으로

회사는 구조 조정 중이다. 지난주와 이번 주, 수십 명의 임원과 부서장이 하루아침에 퇴출 명령을 받았다. 부서가 통폐합되면서 내가 있던 부서도 사라졌다. 월요일부터 새로운 부서로 출근해야 한다. 발령 통고를 받고 한동안 멍한 상태로 있었었다. 광활한 대지 위에 홀로 선 기분이 들었다. 의지와 상관없이 노동의 터전을 하루아침에 바꾸라는 명령을 받고 보니 헛웃음이 나오기도 하고 울컥하기도 한다. 회사가 변화할 때 노동자들은 새로운 환경에서 새로운 노동력을 요구받는다. 누군가 가르쳐줄 사람도 마땅히 없고 스스로 연구하고 틀을 잡아가야 한다. 새로운 도전이다.

세상 한가운데서 중심을 잡고 사는 일은 참 만만치 않다. 마음을 다잡고 또 다잡아본다. 변화하는 현실에 화를 내봐야 아무 도움이 되지 않는다. 내 마음을 고요히 바라보며 변치 않는 명제를 생각한다. '내가 바꿀 수 있는 것은 오로지 나 자신밖에 없다.' 흔들리는 세상에 살다보면 멀미가 나게 마련이다. 내가 처한 현실을 단순화

해본다.

'나'를 작은 원으로 그린다. 작은 원으로 그린 나 자신을 한마디로 정의한다면 '흙에서 나와 다시 흙으로 돌아갈 존재'다. 나는 태어남과 죽음 사이에서 지구별 여행을 하고 있다. 약하고 여리지만 사람들과 더불어 사랑하고 사랑받으며 삶이라는 여행을 즐기기도 한다.

'나'라는 작은 원을 둘러싼 아주 큰 원을 그려본다. 이 큰 원에는 '세상'이라는 이름을 붙인다. '세상'은 '나'에게 따뜻한 햇살과 부드러운 바람으로 행복한 여행길을 만들기도 하지만 거친 폭풍과 소용돌이로 아픔과 고통도 준다. 작은 원 '나'와 큰 원 '세상' 사이에 또 하나의 원을 그려본다. '세상'과 '나' 사이를 둘러싼 원, 내 뜻에 따라 세상과 나를 소통시켜주는 공간이다. 한참을 고민하다 이 원의 이름을 '의지'라고 붙여본다. 이제 내 '의지'는 나와 세상 사이의 완충지대 역할을 할 것이다. 이름을 붙여놓고 나니 제법 흡족해진다. 의지는 흔들리는 세상 속에서 나의 중심을 잡아줄 것이다.

월요일부터 새로운 부서에서 일을 시작한다. 나 자신과 나의 의지, 이 두 개를 꽉 붙잡고 흔들리는 세상 속으로 성큼성큼 들어갈 것이다. 나는 새로운 사람이다.

함께 읽으면 좋은 책

어린이

《태양으로 날아간 화살》 제럴드 맥더멋 글·그림 | 김명숙 옮김 | 시공주니어

《천 개의 눈》 이지현 글 | 박철민 그림 | 봄봄출판사

《깊은 산골 작은 집》 김지연 글·그림 | 느림보

《괜찮아요, 괜찮아》 하세가와 요시후미 글·그림 | 양윤옥 옮김 | 내인생의책

청소년

《인어의 노래》 황선미 글 | 이보나 흐미엘레프스카 그림 | 비룡소

《그림 형제 동화집》 그림 형제 글 | 펠릭스 호프만 그림 | 한미희 옮김 | 비룡소

《세계와 인간을 탐구한 서사시 오뒷세이아》 강대진 글 | 아이세움

《신과 함께》 주호민 글·그림 | 애니북스

《연금술사》 파울로 코엘료 글 | 최정수 옮김 | 문학동네

성인

《구본형의 그리스인 이야기》 구본형 글 | 생각정원

《변신이야기》 오비디우스 글 | 이윤기 옮김 | 민음사

《율리시스》 제임스 조이스 글 | 김성숙 옮김 | 동서문화사

《자기와 자기실현》 이부영 글 | 한길사

《카를 융 꿈 기억 사상》 카를 구스타브 융 글 | 조성기 옮김 | 김영사

《신화와 인생》 조지프 캠벨·다이엔 K. 오스본 글 | 박중서 옮김 | 갈라파고스

《천의 얼굴을 가진 영웅》 조지프 캠벨 글 | 이윤기 옮김 | 민음사

3 가족

세상에서 가장 가까운 우리

사랑하는 이들이 만나 부부가 되고 자녀를 낳아 가족 공동체를 이룬다. 부부 간의 사랑과 부모 자식 간의 사랑은 가족 구성원 사이를 끈끈하게 이어주는 없어서는 안 될 핵심 요소다. 가족 간 사랑이 흔들리면 그 가족은 위태로워진다. 서로에게 깊은 상처를 남기고, 심지어 가족이 해체되기도 한다. 물리적으로 가장 가까운 이들이 서로에게 심리적으로는 가장 멀리 떨어진 존재가 되는 것이다. 반대로 가족 구성원 간 사랑이 넘쳐도 문제다. 사랑하기 때문에 너의 욕망이 나의 욕망이 되고, 나의 역할이 너의 역할이 되며, 너의 삶과 나의 삶이 마구 뒤엉

킨다. 부족해도 넘쳐도 안 될 게 가족 간의 사랑이다. 아, 정말 어렵다.

세상에서 가장 가까운 우리?

바늘땀

데이비드 스몰 글·그림 | 이예원 옮김 | 미메시스

미국의 그림책 작가 데이비드 스몰의 유년기의 아픔을 담은 그래픽노블《바늘땀》. 여기서 바늘땀은 열네 살 어린 소년의 여린 목을 헤집고 장화를 졸라매듯 얼기설기 떠놓은 수술의 흔적이기도 하며, 작가가 기억하는 자신의 어린 시절 상처의 상징이기도 하다. 이 책을 읽고 충격이 가시지 않아 두 번, 세 번 반복해서 읽었다. 사랑하는 아내 사라 스튜어트와 함께《리디아의 정원》이라는 아름다운 그림책을 쓴 작가의 어린 시절이 어떻게 이럴 수 있을까.

배수관 세정제로 자살을 시도한 증조 외할아버지와 도벽이 심한 증조 외할머니, 외할아버지를 지하실에 가두고 집에 불을 지른 후 그 불길 앞에서 덩실덩실 춤을 추다가 정신병원에 실려 간 외할머니, 선천적으로 심장과 폐 기능에 장애가 있는 매정한 엄마와 의사지만 아픈 아들에겐 무관심한 아버지, 그리고 호흡기와 소화기의 장애를 타고난 어린 소년.

엑스선 전문의인 작가의 아버지는 과학의 전사로서 '엑스선이 그의 무기, 무슨 병이든 말끔히 치료할 기적의 광선'이라며 어린 아들의 병을 낫게 할 목적으로 수시로 아들에게 엑스선을 쏘아준다. 소년이 열한 살 때, 엄마의 친구는 소년의 목에서 큰 혹을 발견하고 진료를 받아보라고 당부하지만, "진료를 받으려면 돈이 드는데 이놈의 집구석엔 돈이 남아나지 않거든!" 하는 엄마에 밀려 소년은 진료를 받지 못한다.

열네 살이 되어 소년은 겨우 수술을 받지만 그의 목과 마음에 지울 수 없는 상처인 '바늘땀'을 남긴다. 그리고 두 차례의 수술로 소년은 혹과 함께 갑상선, 성대까지 잃어버리고 만다. 목소리를 잃은 소년은 억누를 수 없는 분노를 이기지 못해 아버지의 차를 몰고 어디론가 도주하다가 절도죄로 경찰서 신세를 진다. 그러고선 육체노동을 중요시하는 남자 기숙학교로 강제 전학을 가게 되는데, 학교는 심신이 지칠대로 지친 어린 소년에게 전문가의 도움을 받게 한다.

"넌 말이 안 되는 세상에 갇혀 살아온 거다, 데이비드. 누구도 네게 사실을 얘기해준 적이 없었지. 하지만 난 사실을 얘기해주마. 네 어머니는 널 사랑하지 않아. 미안하다, 데이비드. 하지만 사실이야. 널 사랑하시지 않아."

신경정신과 전문의 흰토끼 선생님의 고백! 뾰족한 창이 심장을 관통한 듯 아픔을 느끼며 소년은 바닥에 엎드려 정신없이 운다. 무거운 침묵만이 존재하며 자유로운 발언은 일절 금지된 집에서는 소년이 이해할 수 없었던 것들이 흰토끼 선생님과 함께하면서 점차 이해되기 시작한다. 어린 시절 앨리스 놀이에 푹 빠져 지냈던 작가가 유독 의사 선생님만 사람이 아닌 흰토끼로 그린 것은 그 자신이 앨리스가 되어 흰토끼 선생님을 따라갈 것을 상징적으로 보여주는 것이다.

열여섯 살 소년은 이상한 가족과 결별한다. 외할머니, 엄마의 길을 가지 않을 것을 선언하며 집을 나온다. 집시 생활을 하면서도 "똑똑한 데다 감수성까지 풍부하구나, 데이비드! 이 그림들을 봐! 정말 잘 그렸는데!"라고 말하는 흰토끼 선생님의 말씀을 잊지 않고 세계적인 화가가 되고자 하는 꿈을 키워나간다. 마침내 소년은 세계적인 그림책 작가가 된다.

부모의 사랑을 갈구했지만 부모는 소년을 사랑하지 않았고, 소년은 그 충격적인 사실에 직면해야 했다. 작가가 유년 시절의 끔찍했던 기억들을 끄집어내어 아름다운 그림으로 승화시키는 작업을 하는 동안, 작가의 마음속 상처 입은 어린 소년은 조금씩 치유되지 않았을까. 작가가 스스로 고통을 치유해나가는 일련의 과정을 《바늘땀》을 통해 지켜보며 나는 가려진 내 오랜 기억들을 들춰내고 치유해나갈 용기를 얻었다.

엄마, 나의 엄마

추석이라 고향으로 가는 길, 노랗게 물든 논을 보면 나는 엄마 생각이 난다. 일 년에 한두 번 자식들이 찾아오기만을 기다리며 엄마는 항상 같은 자리에 서 계신다. 엄마는 대지에 뿌리내려 머리 숙인 채 서 있는 벼를 닮았다. 곧 일흔을 맞이하는 엄마는 두 다리가 말썽인 모양이다. 갖은 고생에도 평생을 든든하게 버텨준 두 다리의 연골이 이제 다 닳았단다.

젊은 시절 엄마는 무쇠 팔, 무쇠 다리, 로켓 파워를 가진 원더우먼이셨다. 새벽부터 밤늦게까지 일하시느라 고생한 나의 엄마, 나는 잘 자라서 엄마의 노년에라도 내 힘으로 호강시켜드리고 싶었다. 이런 내 어릴 적 바람은 성인이 되어서도, 결혼을 해서 내 가정을 꾸리고서도 변함없었다. 내 마음속 소망의 지층들은 한결같은 무늬를 이루며 포개어져 있다.

태어날 때부터 몸이 약했던 나는 엄마에게 아픈 손가락이었다. 바쁜 와중에도 엄마는 항상 내 도시락에 손편지를 넣어두시곤 했다. 편지 내용은 그때그때 달랐지만, 골자는 늘 '엄마는 나를 믿고 있으며 내가 무엇을 하든 끝까지 포기하지 말라'는 거였다. 대입을 앞둔 고3 시절에 갑자기 입시 제도가 바뀌어 본고사를 쳐야 할 상황에 놓였을 때, 논술이나 구술시험을 접해봤을 리 없는 나는 대책 없이 그저 운에 맡겨보기로 마음먹었던 데 반해, 엄마는 매일 네 종류의 신문 사설들을 스크랩해서 주셨다. 나는 엄마가 준비해준 신문 사설을 읽는 것으로 대입 본고사를 무사히 치를 수 있었다. 요즘도 신문을 보거나 아이 친구 엄마들이 논술 학원 이야기를 할 때면, 하루도 빠짐없이 신문 사설을 스크랩해주셨던 엄마 생각이 난다. 난 엄마표 논술 과외를 받은 셈이다.

막 대학생이 되어 신입생 환영회에서 알게 된 동기들과 몰려다니며 세상의 술을 다 마실 듯 방탕하게 지내던 나를 다시 제자리로 돌아오게 한 것도 엄마였다. 처음으로 전공 수업이란 걸 듣게 된 경영학과 1학년 1학기, 모두가 권총을 차게 된다는 악명 높은 과목, '회계원리'의 첫 수업 시간이었다. 교재가 죄다 한자로 되어 있어 떠올리는 것만으로도 멀미가 날 지경이었는데, 교재를 펼치는 순간 그만 눈물이 왈칵 쏟아지고 말았다. 몇백 쪽 되는 그 두꺼운 교재의 처음부터 끝까지 한자로 된 계정과목들 아래, 엄마는 작고 굵은 글씨로 또박또박 한글 음을 달아두셨다. 어려서부터 약시인 내가 옥편을 찾아가며 공부하는 것이 많이 힘들 거라 생각해서, 내가 술 마시며 돌아다니는 그 시간에 옥편을 뒤져가며 교재 전체에 한자의 한글 음을 다 달아놓으셨던 거다.

엄마를 생각하면 도시락 손편지가, 신문 사설 스크랩이, 회계원리 교재 속 한자에 달려 있던 한글 음이 동시에 떠오른다. 내 아이들을 키우면서 더더욱 엄마 생각이 난다. 지금보다 살기 어려웠던 시절, 엄마는 어떻게 그렇게까지 자식에 대한 사랑을 표현할 수 있었을까.

아버지, 나의 아버지

아버지는 창고의 짐들을 정리하다가 뜻밖의 보물을 찾았다며 연신 싱글벙글하셨다. 오래전에 잘 싸두었지만 시골로 들어가면서 어디 둔지 몰라 아버지를 안타깝게 했던 그 보물! 아버지는 그걸 찾고 좋으셔서 내게 보내고 싶었지만 꾹 참으셨다. 아무래도 그 물건은 나보다 아버지 당신께 더 소중한 물건인 것 같고, 또 내게 보내봤자 아버지만큼 소중하게 여기지도 않을 것이라 판단하셨기 때문이다. 하지만 손녀들에게만큼은 자랑하고 싶어 명절이 빨리 오기만을 기다리셨단다.

그건 싱겁게도 내가 학창 시절에 받아왔던 상장들이다. 받아오는 족족 사라진 상장들이 도대체 어디로 갔는지 어디에 있는지 그 시절에 나는 몰랐다. 상장을 받아도 칭찬 한번 시원하게 해주지 않으셨던 무뚝뚝한 경상도 사나이인 아버지께서 그걸 보물처럼 간직하고 계실 줄은 상상도 못했다. 먼지를 맞고 습기가 차서 눅눅하고 지저분한 상태였던 빛바랜 상장들을 아버지께선 마른 수건으로 일일이 먼지를 떨어내고 한 장 한 장 널어 말려 습기를 제거하셨다. 내가 언제 개근을 했으며 또 언제 반장을 했는지 성적은 얼마나 좋았는지 보시며 아버지께선 한없이 흐뭇해하셨다. 학교에서는 평균 97점이 넘으면 종이 상장에 '페난트'라고 부르는 깃발 형태의 상장을 하나 더 주었다. 페난트를 받았다면 도대체 얼마나 성적이 좋았던 것이냐며 감탄하셨다. 내가 언제 그런 상장들을 받았는지 지금의 나로서도 상상이 안 되긴 마찬가지였다.

명절에 손녀들이 오면 아버지께서는 그 상장들을 하나하나 보여주며 엄마인 내가 얼마나 똑똑하고 성실한 사람이었는지 알려줄 거라 하셨다. 아이처럼 신난 아버지의 모습에 나도 덩달아 신나기도 했지만 덜컥 겁도 났다. 내 아이들이 그 상장들을 본다면 나를 어떻게 생각할까? 번듯한 직업도 없이 골골대는 지금의 내 모습에서 할아버지께서 이야기하는 엄마의 모습을 찾기는 어려운 일일 테니 말이다. 게다가 그렇게 공부를 열심히 하고도 커서 엄마처럼 된다고 상상한다면 아이들은 어쩌면 공부할 맛이 뚝 떨어질지도 모를 일이다. 지금의 내 모습에서 찾을 수 없는 모습이기에 아버지의 기억이 똑똑했던 내 어린 시절에 머물러 있는 건 아닌지 쓸쓸해졌다.

그리고 나의 가족

2012년 7월 31일, 남편이 회사에서 파업 투쟁에 돌입했다는 소식을 듣고 나는 불안감에 휩싸였다. 순식간에 25년 전으로 돌아간 내 머릿속은 1987년 7월 '노동자 대투쟁'에 대한 기억으로 꽉 찼다. 그 당시 '아버지의 파업'은 어린 내게 알 수 없는 그 무언가를 반드시 해내야 한다는 다짐을 하게 만들었다.

어린 나는 어떻게든 내 부모 세대보다는 잘살아야겠다고 생각했다. 그래야 내 부모의 원을 풀어드리는 일이니까 말이다. 그래서 나는 학창 시절 꽤 성실하게 공부했다. 열심히 노력한 것만큼 좋은 결과를 얻은 나는 부모님의 자랑이었다. 직장 다닐 때까지만 해도 시시때때로 부모님을 챙겨드릴 정도는 되었다. 하지만 결혼하고 아이들을 낳고 키우며, 직장을 그만두면서 나는 부모님 기대와는 전혀 상관없는 사람이 되어갔다. 무엇인가 해내겠다는 내 다짐이 무너졌고, 스스로의 목을 조이는 죄책감에 시달리곤 했다.

25년이라는 세월을 사이에 두고 같은 사건이 발생했다. 이젠 '남편의 파업'이었다. 부모 세대보다 잘살기는커녕, 부모 세대의 삶을 반복하게 된 것이다. 내가 아버지의 파업을 지켜보며 어린 시절부터 여태껏 책임감에 짓눌리는 삶을 살아왔듯이, 내 아이들도 남편이 파업하는 것을 지켜보며 혹여 나처럼 살아가지 않을까 두려웠다.

내 부모 세대의 파업은 아픔만 남긴 채 사그라졌다. 하지만 남편의 파업은 구조 조정을 막을 수는 없다 해도, 고용안정협약서를 체결하고, 비정규직의 정규직화를 이루고, 성과급을 지급받는 등의 작은 성취가 있었다. 파업이 끝난 후, 남편이 구조 조정의 매서운 칼바람 앞에 서 있어 우리 부부가 날카로울 대로 날카로워졌던 그때, 큰아이가 《태일이》 이야기를 꺼냈다. 《태일이》는 고 조영래 변호사가 쓴 《전태일 평전》과 전태일 수기 모음집인 《내 죽음을 헛되이 말라》를 바탕으로 구성한 인물 만화다.

"엄마, 태일이는 '시작'을 만든 거야. 거대하고 단단한 벽, 그 벽을 뚫기 위해서는 그 방법밖에 없었던 거야."

초등학교 4학년 큰아이의 말을 듣고, 나도 남편도 곰곰이 생각했다. 큰아이는 지금 내 아버지가 투쟁의 현장에 뛰어들었을 딱 그때의 내 나이. 큰아이 눈엔 '태일이'가 시작을 만들었고, 아빠는 지금 '과정'을 만들어가는 것으로 보였던 것 같다. 인간이 좀 더 발전적인 쪽으로 진화해온 것처럼, 아이는 남편의 상황도 진화의 과정으로 받아들였다. 아이는 가족에게 일어난 사건들을 나보다 객관적인 시선으로 바라보고 있었다. 지난 3년 동안 꾸준히 책을 읽어준 결과라고 나는 생각한다.

태일이(전 5권)

박태옥 글 | 최호철 그림 | 고래가그랬어 편집부 | 돌베개

《태일이》의 주인공 전태일은 1948년생으로 내 아버지 세대다. 아이 말대로 나의 부모 세대가 불꽃이 되어 '시작'을 만들었다면, 우리 세대는 '과정'을 만들어가고 있는 것일지 모른다. 그 '과정'을 충실히 살아내는 우리 부부의 삶이 적어도 우리 집 아이들 눈엔 긍정적으로 비춰진 모양이다. 《태일이》에 푹 빠진 아이들로부터 우리 부부는 상당한 지지를 받는 듯했다. 하지만 아이가 신문이나 뉴스를 보면서 아직 커다란 벽이 보이는 다른 파업 현장을 지켜보면서 세상에 대한 탄식을 내뱉을 때, 우리 부부는 부모로서 아이의 이러한 행동에 어떻게 대

응해야 할지 의문이 든다. 자녀 세대에게 우리는 부모 세대로서 어떤 모습을 보여야 할지 여전히 고민하지 않을 수 없다.

부모 사랑의 두 얼굴

데이비드 스몰의 《바늘땀》을 보며 내 유년 시절을 들여다본다. 스몰의 상처는 부모에게 사랑받지 못한 데 있다. 부모가 자신을 사랑하지 않는다는 사실을 받아들이는 것은 힘들었지만, 그것은 또한 그의 상처를 치유하는 첫 단추가 되었다. 나는 스몰과는 반대로 부모님의 무한 사랑과 신뢰를 받고 자랐다. 가난한 살림살이 때문에 물질적인 지원은 부족했을지언정 정서적인 지원만큼은 차고 넘쳤다. 그런데도 나는 수치심과 죄책감에 시달리며 살아가고 있다. 내 문제는 어디서 온 것일까?

가족의 두 얼굴
최광현 글 | 부키

'사랑하지만 상처도 주고받는 나와 가족의 심리테라피'라는 부제를 단 《가족의 두 얼굴》은 가족을 둘러싼 다양한 문제를 심리학적 시선으로 알기 쉽게 설명한 책이다. 저자 최광현은 "어린 시절의 상처에서 벗어나지 못한 채 과거의 불행을 현재 가족에서도 반복하고 있는 것이 가족 사이가 일그러진 이유"라고 말하며, 어린 시절의 상처 입은 내면아이를 돌아보고 상처를 직시하고 공감하는 시간이 필요하다고 강조한다.

가난하지만 가족의 사랑이 각별했던 나의 원 가정. 새벽에 일하러 나가시면서도 따뜻한 밥상과 마음을 담은 편지 한 장 남기는 여유를 잃지 않았던 엄마. "저렇게 많은 집 중에 우리 집 하나가 없네." 버스 차창 밖으로 보이는 아파트 단지를 보며 무의식중에 내뱉은 엄마의 한마디 한탄은 내 가슴에 '얼른 어른이 돼서 집 한 채 사드려야지.' 하는 생각을 남겼다. 힘든 하루 일과를 마치고 한밤중에 들어오면서도 딸이 좋아하는 과자 한 봉지를 잊지 않은 아버지께서 뉴스나 신문을 보시며 "이놈의 세상 언제쯤 바뀌려나?" 하고 내뱉은 한마디 분노는 내 가슴에 '훌륭한 사람이 돼서 세상을 바꾸어야지.' 하는 결심을 남겼다.

《가족의 두 얼굴》에 위임delegation에 대한 개념 설명이 나온다. 가족치료의 선구자 스티얼린은 자녀가 부모를 대신하여 부모의 오랜 바람을 풀어주는 역할을 수행하는 것을 들어 '위임'이라고 정의했다. 부모가 못 이룬 한을 한번 '위임'받은 자녀는 자신에게 주어진 사명에서 벗어나기 어렵다고 했다. '위임'받은 자녀가 주어진 사명을 완수하지 못할 경우 그 자녀는 평생을 통해 깊은 죄책감에 시달리게 된다. 부모의 바람을 이룬다고 해도 그 바람은 부모의 것이므로 부모의 성취를 대신 이룬 것이 된다. 다시 말해, 위임받은 자녀는 부모의 바람을 대신 이루건 못 이루건 간에, 일생 동안 자신의 고유한 삶을 살아보지 못하게 된다.

나는 이 책을 읽고 내 문제가 정확히 무엇인지 알았다. 나도 모르는 사이 내 부모님이 못 이룬 한을 위임받았던 거다. 나의 수치심과 죄책감은 부모로부터 위임받은 그 사명을 내가 이루지 못한 데 있었다. 가난한 가정에서 부모님의 사랑과 신뢰를 듬뿍 받은 나는 현실적으로는 가족에게 아무런 도움이 못 되었다 해도, 심리적으로 엄마의 남편, 아버지의 아들의 자리에 서려 했다. 때로는 엄마의 남편이 되어 아버지가 충족하지 못한 사회적 성공을 대신 이루려 노력했고, 때로는 아버지의 아들이 되어 아버지가 못 다 이룬 노동운동의 연장선상에 나를 두었다. 애초에 부모님이 원한 것도 아니었고 내가 원한 삶의 모습도 아니었는데 말이다.

부모의 사랑을 많이 받은 자녀일수록 부모의 오랜 바람을 위임받을 가능성이 높다. 부모의 사랑 이면에는 위임이, 위임의 이면에는 죄책감이 도사리고 있다. 반드시 필요하지만 이토록 위험한 부모의 사랑, 부모는 자녀를 어떻게 사랑해야 하나? 저자는 "부모가 자녀에게 베푸는 사랑은 아무런 기대와 대가를 바라지 않는 사랑이어야 한다. 부모는 자녀에게 무조건적으로 베풀고, 자녀는 다시 부모가 되어 그것을 자신의 자녀에게 돌려주면서 돌봄과 베풂이 세대를 통해 내려가는 것이 결국 인류의 삶을 면면히 이어가게 하는 기본 원리다."라고 말했다. 그는 자녀에 대한 부모의 사랑에는 질서가 있어야 하며, 사랑의 질서를 유지하기 위해서 부모 자녀 간 '경계'가 필요하다고 했다. 여기서 경계란 자신만의 영역을 인정하는 것이다. 자기만의 공간, 자기만의 비밀, 자기만의 세계가 어느 정도 허용되면 아이는 부모로부터 존중받는다고 느낀다. 이러한 경계와 존중은 부모와 자녀 사이 사랑이 지나쳐서 넘치지 않도록 균형을 잡아준다.

가족, 조화와 균형을 이루다

큰아이가 말했다. "엄마, 난 커서 의사가 될래! 그래서 엄마 아픈 거 다 낫게 해줄 거야." 작은아이가 말했다. "엄마, 난 커서 나무꾼이 될래! 100년 묵은 산삼 캐서 엄마 줄 거야." 두 아이가 서로 경쟁하듯 말했다. 위임받은 자녀로서 정작 내 인생을 제대로 살아본 적이 없다고 느끼는 나는, 아이들의 이러한 말에 기뻐할 수만은 없었다. 아이들의 장래 희망에 나의 결핍이 고스란히 묻어 있기 때문이다. 만성 디스크 통증 때문에 나는 무의식적으로 "아이고, 팔이야.", "아이고, 허리야."를 연발했을지 모른다. 아이들은 엄마의 안색을 살피며 노심초사 했을 것이다.

아픈 엄마를 위해 의사가 되고, 산삼을 캔다는 것은 지극히 인간적이고도 아름다운 일이다. 하지만 나는 내 아이들의 욕망이 오롯이 자신의 것이기를 바란다. 타인의 욕망이 자신의 욕망이 될 경우, 자신이 진정으로 원하는 것이 억압될 수 있기 때문이다. 타인의 욕망으로 인생을 살아간다면 불행은 쉽게 찾아올 수 있다.

가족 구성원 모두가 자신이 원하는 삶을 살기 위해, 가족은 가족이라는 공동체와 각 구성원 간 균형을 이루어야 한다. 가족이라는 공동체만 존재하고 개인으로서의 나는 존재하지 않거나, 개인으로서의 나만 존재하고 가족이라는 공동체는 존재하지 않는다면, 가족의 균형은 깨져버리고 만다. 우리는 균형을 이루기 위해 기존의 우리 이야기를 해체해야 했다. 사랑하기 때문에 아픔과 상처가 얼기설기 섞이고, 서로에게 경계를 넘는 역할을 부여하며, 가족의 욕망이 내 욕망이 되는 일련의 혼란을 재정비했다.

나의 퇴사와 남편의 파업을 겪으면서 균형을 잃은 가족 구성원들이 다시 자기 자리를 잡아가는 과정은, 곧 자기 삶의 진정한 주체로서 다시 태어나 자신의 욕망을 찾는 과정이기도 했다. 또한 나는 퇴사 후 찾아온 수치심과 오랜 기간 내재되어 있던 죄책감에서 벗어나고, 가족 관계에서 맡아야 할 그 이상의 역할은 내려놓는 계기가 되었다.

25년의 간격을 두고 가족에게 일어난 같은 사건의 반복은 꼭 트라우마에 대한 기억만 되살린 것은 아니었다. 남편이 파업을 겪으면서 나는 내 원 가정을 이해할 수 있었다. 그리고 비슷한 시기 '아버지의 파업'이라는 사건을 겪은 나와 내 아이들은 그 사건을 공유하는 것으로 강한 소속감이 생기기도 했다. 그렇게 우리 집 삼대는 하나의 연대감을 형성했다.

나의 퇴사, 남편의 파업, 그리고 오랜 기간 부모와 떨어져 지내느라 힘들었던 내 아이들의 이야기는 이제 옛날이야기가 될 것이다. 앞으로 어떤 일을 겪는다 해도 "이건 아무것도 아니야. 우린 옛날에 더 한 것도 겪었잖아?"라고 말할 수 있는 '과거'의 일이 될 것이다. 이젠 우리 가족의 새로운 이야기를 만들 차례다.

아빠의 편지

처음으로 꿈이 생긴 수민이에게

수민아, 커서 의사 선생님이 되고 싶다고? 수민이가 의사 선생님이 돼서 엄마를 낫게 해주고 싶다고 오늘 말한 거 말이야. 아빠 그 얘기 듣고 굉장히 기뻤어. 네게 처음으로 꿈이 생긴 걸 기념하고 싶구나. 꿈이 생긴다는 건 아주 멋진 일이야. 더군다나 그 꿈이 수민이 혼자만 행복해지기 위한 꿈이 아니라, 네가 가장 사랑하는 엄마를 위한 따뜻한 마음이 녹아 있어서 아빠는 네가 더욱 자랑스럽단다.

아주 특별한 날인 오늘, 아빠는 수민이에게 꼭 하고 싶은 말이 있단다. 많은 사람은 꿈을 꿀 때, 주변 사람들과 함께 꿈을 꾸지. 그러니까 한 사람의 꿈에는 그 사람의 주변 사람들이 바라는 꿈들이 녹아 있다는 말이야. 라캉이라는 철학자는 "인간의 욕망은 타자의 욕망이다."라는 말을 남겼어. 그 말은 내 꿈은 내가 원하는 것이 아니라 다른 사람이 원하는 것이라는 말이야. 또 라캉은 "네 욕망을 포기하지 마라."라고도 말했어. 그 말은 다른 사람이 원하는 것을 꿈꾸지 말고, 네가 진정으로 원하는 것을 꿈꾸라는 말이야. 수민이도 너의 꿈이 네가 정말로 원하는 것인지를 잘 생각해봐. 주변 사람들이 "의사는 참 좋은 직업이더라."라고 하니까 되면 좋겠다고 생각한 것은 아닌지, 아픈 엄마를 위하는 마음이 꿈으로 이어진 것은 아닌지 곰곰이 생각해봐야 돼.

의사란 직업은 숭고한 직업이야. 아픈 사람들을 낫게 하는 건 훌륭한 일이지. 반면, 정말 어려운 직업이기도 해. 공부도 많이 해야 하고 경험도 많이 쌓아야 하지. 이렇게 숭고하고도 어려운 직업이 수민이의 꿈이 되기 위해서, 가장 중요한 첫 번째 조건이 바로 그 꿈이 네가 진정으로 원하는 것이어야 한다는 거야.

어떤 꿈을 꾸어도 아빠는 좋아. 수민이가 어떤 꿈을 꾸어도 그 꿈을 인정하고 지지할 거야. 자신에 대해 고민하는 성찰의 시간을 충분히 갖는 건 꿈꾸는 것만큼 멋진 일이야. 네가 정말 원하는 것이어야 한다는 걸 잊지 마. 너를 들여다보는 시간을 많이 갖길 바랄게.

함께 읽으면 좋은 책

어린이

《엄마 마중》 이태준 글 | 김동성 그림 | 소년한길

《동강의 아이들》 김재홍 글·그림 | 길벗어린이

《엄마의 의자》 베라 윌리엄스 글·그림 | 최순희 옮김 | 시공주니어

《엄마의 약속》 재클린 우드슨 글 | E. B. 루이스 그림 | 서애경 옮김 | 아이세움

《아빠랑 함께 피자 놀이를》 윌리암 스타이그 글·그림 | 박찬순 옮김 | 보림

《아빠 잘 있어요?》 하세가와 요시후미 글·그림 | 고향옥 옮김 | 사계절

《크리스마스의 기적》 천 츠위엔 글·그림 | 고정아 옮김 | 미래아이

《리디아의 정원》 사라 스튜어트 글 | 데이비드 스몰 그림 | 이복희 옮김 | 시공주니어

청소년

《아빠 고르기》 채인선 글 | 김은주 그림 | 논장

《짱뚱이》 오진희 글 | 신영식 그림 | 파랑새어린이

《돼지가 한 마리도 죽지 않던 날》 로버트 뉴튼 펙 글 | 김옥수 옮김 | 사계절

《하늘 어딘가에 우리 집을 묻던 날》 로버트 뉴튼 펙 글 | 이승숙 옮김 | 사계절

성인

《변신》 프란츠 카프카 글 | 루이스 스카파티 그림 | 이재황 옮김 | 문학동네

《가족의 발견》 최광현 글 | 윤나리 그림 | 부키

《욕망이론》 자크 라캉 글 | 민승기 옮김 | 문예출판사

《그림자》 이부영 글 | 한길사

《눈 이렇게 뜨지 않을게요》 유애로 글 | 느림보

《상처받은 내면아이 치유》 존 브래드쇼 글 | 오제은 옮김 | 학지사

《내 아이를 위한 감정코칭》 조벽·최성애·존 가트맨 글 | 한국경제신문사

4 형제

엄마보다 언니가 더 좋아

"엄마, 난 세상에서 누가 제일 좋게?"

"그야 당연히 엄마겠지?"

"아니야."

"그럼, 누구야?"

"언니야."

작은아이가 말했다. 어떻게 엄마보다 언니를 더 좋아할 수 있을까? 큰아이에게 물어보았다.

"수민아, 수린이는 엄마보다 언니가 더 좋대. 알고 있었어?"

"응!"

큰아이는 당연하다는 눈치다. 이 아이들이 언제부터 이렇게 친하게 지내게 된 걸까?

내 동생 안 팔아요

내 동생 싸게 팔아요
임정자 글 | 김영수 그림 | 미래엔아이세움

"내 마음을 똑같이 표현한 그림책이 있어."

큰아이가 그림책 작가 임정자의 《내 동생 싸게 팔아요》를 가져왔다. '말 안 듣고, 귀찮고 더럽고 얄밉고, 징징 울보에다 욕심쟁이 먹보, 고자질쟁이 바보 동생'이 바로 동생 수린이란다. 임정자는 이 책에서 남동생을 향한 누나의 복잡 미묘한 마음 상태를 아이 마음을 꿰뚫어보듯 실감나게 묘사하고 있다.

내가 한창 바빴을 때, 큰아이는 언니 역할에 엄마 역할까지 해야 했다. 세 살 먹은 동생에게 언니 역할만 하기도 버거웠을 일곱 살짜리 어린 언니는 얼마나 힘들었을까? 오죽했으면 동생을 팔아버리고 싶은 충동까지 느꼈을까?

《내 동생 싸게 팔아요》의 누나 짱짱이도 마찬가지다. 엄마, 아빠가 얼마나 바쁜지 그림책 속에는 아예 등장하지도 않는다. 부모를 대신해 동생을 돌봐야 하는 짱짱이는 더 이상은 못 참겠다는 듯, 자전거 뒷자리에 동생을 태우고 동생을 팔러 시장에 간다. 장난감 가게 언니, 꽃집 할아버지, 빵집 아줌마에게 알미운 동생을 싸게 내놓는다. 알미운 동생을 아무도 안 산다고 하자 이번엔 친구 순이를 설득한다. 잘 땐 예쁘다고, 엄마 놀이할 때 아기 시키면 잘한다고, 공주 놀이할 땐 하녀도 잘하고, 왕자도 잘하고, 심부름도 잘한다고. 그러고 보니 동생을 거저 주기 아까워진다. 짱짱이는 마음이 바뀌어 시장을 빠져나온다. 하지만 여기서 끝이 아니다. 동생의 반전이 기다리고 있다. 동생은 짱짱이의 머리채를 확 잡아당긴다.

이 순간 짱짱이 마음은 어땠을까? 동생을 팔아버릴 걸 하며 후회하지 않았을까?

"수민이가 수린이 때문에 많이 힘들었구나."

"그럼! 엄만 내 마음 모를 거야."

작년 여름의 사건이 떠올랐다. 아파트 놀이터에서 둘이서 함께 놀다가, 큰아이가 잠깐 한눈을 파는 사이에 작은아이가 사라졌다. 큰아이는 부랴부랴 내게 전화를 했고, 나는 앞집, 옆집, 경비원 아저씨들을 총동원해서 작은아이를 찾아 나섰다. 시간이 지나 날이 어둑어둑해지자 우리는 더욱 초조해졌다. 두 시간쯤 지나 눈물, 콧물 범벅이

된 작은아이가 웬 낯선 아주머니의 손에 이끌려 나타났다. 놀란 가슴을 쓸어내리며 안도의 한숨을 내쉬던 차, 이번엔 큰아이가 목놓아 울기 시작했다. 활화산에서 용암이 뿜어나오듯 새빨갛게 충혈된 두 눈에서 눈물을 쏟아내며 큰아이는 고백하듯 말했다.

"수린이가 없어진 건 다 나 때문이야. 엉엉."

평소 큰아이는 귀찮고도 귀찮은 동생이 차라리 없어졌으면 좋겠다고 생각했는데, 막상 동생이 사라지자 자신의 오랜 바람이 이루어진 것 같아 자책을 했던 모양이다. 그 일이 있고 나서 한동안 큰아이는 죄책감에 시달렸다. 동생이 길을 잃은 것이 자기 잘못이 아닌데도 말이다.

나는 큰아이를 어떻게 달래줄까 고민하다가, 언니가 동생을 '노예 장사꾼'에게 팔아넘길 뻔한 이야기를 담은 아스트리드 린드그렌의 《마디타》를 꺼냈다. 이 책은 사고뭉치 두 자매의 이야기로, 티격태격하지만 속 깊이 서로를 위하는 자매들에게, 또는 좋아만 할 수도 그렇다고 미워만 할 수도 없는 동생을 가진 세상의 모든 언니, 누나, 오빠, 형 들에게 꼭 읽어주고 싶은 책이다. 나는 이 책을 큰아이에게 읽어주며, 세상 모든 언니, 누나, 오빠, 형 들의 마음도 너와 다를 바 없다고 말해주고 싶었다. 《마디타》는 《마디타와 리사벳》, 《저거 봐, 마티다, 눈이 와!》와 함께 마디타 시리즈를 이룬다.

이제 막 초등학생이 된 마디타는 눈 한 번 깜빡할 때마다 엉뚱한 생각이 떠오르고, 또 그 생각을 바로 행동으로 옮겨야 속이 시원해지는 재미있는 소녀다. 마디타에겐 두 살 아래 여동생 리사벳이 있다. 그해도 어김없이 부활절이 다가왔고, 부활절 토끼는 사내아이 모양의 초콜릿 인형이 든 상자를 두 소녀에게 각각 한 상자씩 놓고 간다. 마디타는 그 초콜릿 인형이 너무 좋아서 단 한 번도 핥아먹지 않고 아껴두지만, 동생 리사벳은 온 얼굴이 초콜릿 범벅이 되도록 단번에 먹어 치운다. 어느 날 마디타가 학교에 간 사이, 아껴둔 초콜릿 인형이 사라져버린다. 동생 리사벳이 먹어치운 것이다. 마디타는 엉엉 울면서 리사벳에게 사과하면 용서해주겠다고 말하지만, 고집쟁이 동생 리사벳은 끝내 사과하지 않는다.

마디타

아스트리드 린드그렌 글 | 알론 비클란드 그림 | 김라합 옮김 | 문학과지성사

그리하여 언니 마디타의 복수가 시작된다. '우물 속의 요셉 놀이'를 하기로 한 것이다. 마디타는 먼저 작은 사다리를 빌려와 우물 안쪽에 세워놓고 리사벳을 우물 안으로 들여보낸다. 그 다음엔 사다리를 도로 끌어내고 우물 앞에 "작고 예쁜 노예 팝니다"라고 쓰인 푯말을 걸어둔다. 그러고는 놀러가 버린다. 자신의 허락도 없이 초콜릿 인형을

다 먹어치운 일에 대한 분이 풀릴 때까지, 잘못을 저지르고도 사과하지 않는 동생이 자기 잘못을 깨닫고 반성할 때까지, 마디타는 혼자 실컷 논다. 귀찮고 얄미운 동생이 없으니 노는 게 더 재밌다. 시간이 한참 지나 불현듯 동생을 걱정하며 우물가로 가보니 우물 안에 동생 리사벳이 없다. 우물 안은 텅 비었고, "이 노예를 내가 5외레에 샀소이다—노예 장사꾼 무스타파 알 아크마르"라 적힌 편지만 있을 뿐이다. 마디타는 울기 시작한다. 끔찍한 장면들이 눈앞에 아른거린다. 그리고 깊이 뉘우친다.

'아, 내가 리사벳을 얼마나 끔찍이 사랑하는데!'

다행히 노예 사냥꾼 무스타파 알 아크마르는 이웃의 착한 소년 아베이고, 동생 리사벳은 아베의 도움으로 다시 집으로 돌아온다. 그날 밤, 마디타는 자신의 침대로 동생을 불러 둘이 함께 눕는다. 유난히 아름답고 행복한 밤이다. 마디타는 말한다. "리사벳, 너 무슨 일이 있어도 내 곁을 떠나면 안 돼! 우리 둘이 꼭 같이 있자." 동생에 대한 사랑을 깨달은 마디타에게 그날 밤은 어둠도 다정하다.

《마디타》 이야기가 끝나기도 전에 큰아이는 이야기했다.

"내 동생, 억만 원을 줘도 못 팔지! 내가 수린이를 얼마나 사랑하는데!"

사자왕 자매의 모험

두 아이를 보고 있으면 마치 내 어릴 때를 보는 것 같다. 부모님이 맞벌이를 하신 덕에 언니와 나는 언제나 함께였다. 초등학생인 언니는 고사리 같은 손으로 저녁밥을 짓고 설거지를 도맡아 했다. 나는 그런 언니에게 질세라 방이며 마루를 윤기가 반들반들 나도록 물걸레로 한 번 닦고 마른 걸레로 또 한 번 닦았다. 밤늦게 들어오시는 엄마, 아빠 얼굴에 흐뭇한 미소가 번지도록 우리 자매는 그렇게 하루를 마무리했다.

그러던 어느 날, 나는 100원짜리 동전 두 개만 있으면 신나게 놀 수 있는 롤러스케이트장의 맛을 알게 되었다. 내 귀에는 언니의 걱정하는 말이 들어오지 않았다. 초등학교 2학년밖에 안 된 나는 겁도 없이 동전 두 개를 들고 롤러스케이트장으로 줄행랑을 치곤 했다. 그곳이 동네 불량배들의 소굴인지도 모르고 말이다. 곧 언니가 우려한 일이 일어났다. 그날도 어김없이 롤러스케이트를 신나게 타고 집으로 돌아가는 길이었는데, 한 중학생 언니가 내 앞을 가로막고 섰다. 그러더니 순식간에 중학생 언니들이 내 주위를 둘러쌌다. 그중에서 가장 불량스러워 보이는 언니가 나타나서는 있는 돈을 다 내놓으라고 협박을 했다. 돈이 있을 리 없는 나는 이제 맞아 죽겠구나 싶어 눈앞이 캄캄했다. 그 순간 어디선가 나타나 나를 구해준 이가 있었으니, 바로 나의 언니였다. 당시 초등학교 5학년이던 언니는 어디서 그런 용기가 났는지 그 무시무시한 언니들 틈을 뚫고 들어와 내 손을 잡고 내달리기 시작했다. 소리를 지르면서 무조건 어른들이 많이 있는 쪽으로 함께 달렸다.

그랬다. 사고뭉치인 나를 위해 존재했던 것처럼, 내 어린 시절 기억

속엔 항상 언니가 있다. 언니 덕분에 나는 행복한 어린 시절을 보냈고, 안전과 자유를 동시에 누렸다. 그 시절 언니는 내게 《사자왕 형제의 모험》 속 '사자왕 요나탄' 형이었다.

"와! 이모가 그렇게 멋진 언니였어?"

"그럼, 수린이도 수민이를 그렇게 생각할 거야."

나는 아스트리드 린드그렌의 《사자왕 형제의 모험》을 두 아이가 가장 좋아하는 시간, 잠들기 전 책 읽어주는 시간에 꺼내 들었다. 두 아이가 요나탄과 카알 형제처럼 잘 지내기를 바라는 마음을 가득 담아서.

사자왕 형제의 모험
아스트리드 린드그렌 글 | 일론 비클란트 그림 | 김경희 옮김 | 창비

린드그렌이 일흔이 넘어 쓴 《사자왕 형제의 모험》은 형제간의 우애를 중심에 두고 죽음과 사후 세계 등 동화에서 흔히 볼 수 없는 삶의 무거운 주제들을 다루고 있어, 오히려 어른이 읽었을 때 진한 감동을 느낄 수 있다.

화자인 카알은 못생기고 어리석고 겁쟁이인 데다가 다리까지 절룩거리는 약한 아이이다. 그는 늘 기침을 하면서 앓고, 걸핏하면 학교를 빠진다. 어느 날 카알은 엄마가 바느질감을 가지고 온 동네 아주머니와 나누는 대화를 엿듣고 두려움에 떨게 된다. 자신이 곧 죽게 될 거라는 끔찍한 이야기를 들었기 때문이다.

그 사실을 알고 무서워 덜덜 떨던 날 밤, 요나탄 형은 죽음 후에 이어지는 세상, 바로 낭기열라에 대해 이야기한다. 낭기열라에 가면 대번에 병이 낫고 건강해질 뿐더러 생김새도 한결 근사해질 거라고. 그러니 거기서 즐겁게 지내며 형과 엄마를 기다리기만 하면 된다고 말이다. 착하고 친절한 요나탄 형은 늘 동생 카알을 지극정성으로 보살핀다.

하지만 모두의 예상과 정반대의 일이 발생한다. 엄마가 집을 비운 사이 불이 나고, 형 요나탄은 홀로 남겨진 동생 카알을 구하기 위해 불길 속으로 뛰어든다. 그리곤 동생을 업고 창문 밖으로 뛰어내린다. 동생 카알은 살아남지만 요나탄 형은 죽고 만다. 형이 먼저 낭기열라로 간 것이다. 얼마 지나지 않아 카알도 죽는다.

낭기열라의 벚나무 골짜기에서 건강해진 카알이 꿈에도 그리던 요나탄 형을 만난 기쁨도 잠시, 요나탄 형은 아무리 위험해도 반드시 해내야 하는 일이 있다며 다시 떠나려 한다. 낭기열라의 들장미 골짜기 사람들은 독재자 텡일 일당의 지배하에 굶주림과 가난에 시달리고 있었는데, 요나탄 형은 "사람답게 살고 싶어서, 그렇지 않으면 쓰레기와 다를 게 없으니까."라며 동생 카알을 남겨두고 텡일 일당에 맞선다. 동생 카알 역시 요나탄 형을 따라나서며 악당에 맞선 사자왕 형제의 모험이 펼쳐진다.

"엄마, 내가 사자왕이 될 수 있을까?"

"그럼!"

동생을 팔아버리고 싶은 일곱 살 '마디타' 언니였던 큰아이는 이제 열한 살 '사자왕' 언니가 되려고 한다. 동생 손을 꼭 잡고 어디든 다니며 어떤 모험도 불사하는 큰아이에게서 사자왕 요나탄의 모습이 보인다.

엄마보다 언니가 더 좋은 이유

"엄마, 이유를 말해줄까?"

우리집 사자왕 큰아이가 동생 수린이가 엄마보다 언니를 더 좋아하는 이유를 알려주겠단다. 동생에게 좋은 언니를 넘어 최고의 언니가 되기 위해서는 나름의 노하우가 있어야 한다며, 큰아이는 청소년용 《맹자》를 들고 왔다.

맹자는 하나라의 걸왕과 은나라의 주왕이 천하를 잃은 이야기를 예로 들어, 군자가 천하를 얻는 데는 반드시 길이 있다고 말했다. 첫 번째로 백성을 얻어야 하고, 두 번째로 백성의 마음을 얻어야 하며, 세 번째로 백성이 원하는 것은 베풀고 백성이 원하지 않는 것은 베풀지 않아야 한다는 것이다.

큰아이 말에 따르면, 동생의 마음을 얻는 법 또한 군자가 천하를 얻는 법과 그 원리가 같단다. 첫 번째로 동생이 생겼다면, 두 번째로 동생의 마음을 얻어야 하며, 세 번째로 동생이 원하는 것은 베풀고 동생이 원하지 않는 것은 베풀지 않아야 한다. 동생의 마음을 얻는 것을 군자가 천하를 얻는 것에 빗댄 큰아이의 통 큰 비유에 나는 그만 입이 쩍 벌어졌다.

맹자
하경대 글 | 정민희 그림 | 주니어김영사

맹자
맹자 글 | 우재호 옮김 | 을유문화사

《맹자》에는 증자의 효에 대한 이야기도 나온다. 증자는 아버지를 봉양할 때 끼니마다 상에 술과 고기를 올렸고 상을 치울 때면 반드시 "남은 음식을 누구에게 주시겠습니까?"라고 물었다. 그리고 아버지가 음식이 남았느냐고 물으면 꼭 남았다고 대답했다. 이는 좋은 음식으로 다른 사람들에게 선심 쓰기를 원하는 아버지의 뜻을 받든 증자의 효를 잘 나타내는 일화다. 세월이 흘러 증자의 아들 증원이 아버지인 증자를 봉양하게 되었다. 증원도 증자가 하던 대로 끼니마다 술과 고기를 갖추어 상을 차렸으나, 상을 물리면서 "남은 음식을 누구에게 주시겠습니까?"라고 묻지 않았다. 증자가 "음식이 남았느냐?"라고 물으면 남은 음식을 다음 상에 다시 올리기 위해서 증원은 "없습니다."라고 대답했다. 증자와 증원이 아버지를 봉양하면서도 이렇게 달랐던 것을 두고 맹자는, 증자의 효는 아버지의 몸을 보살피는 것은 물론 아버지의 뜻을 받들고 그 마음을 즐겁게 하는 큰 효이며, 증원의 효는 아버지의 몸을 보살피는 데 그친 작은 효라고 말했다. 그리하여 맹자는 "어버이를 섬길 때는 증자처럼 하는 것이 옳다."라고 말했다.

큰아이는 동생을 위하는 마음도 증자와 같아야 한다고 했다.

"엄마는 수린이의 몸을 먼저 생각하지만, 난 수린이의 마음을 먼저 생각하거든."

'형제간의 우애'도 생명이 생명을 위하고 사랑한다는 점에서 '부모에 대한 자식의 효'나 '백성을 향한 군자의 마음'과 맥락이 크게 다르지 않을 것 같다. 큰아이가 들려주는《맹자》이야기를 듣고 참으로 많은 생각이 머릿속을 채웠다. 내가 사랑하는 사람들을 대할 때 어땠나? 아이들을 대할 때, 형제자매를 대할 때, 부모님을 대할 때, 그저 그들의 몸만 봉양하며 할 도리를 다 했다고 믿지 않았을까? 그들을 위한답시고 맛있는 음식이나 편안한 잠자리만 고민했을 뿐 정작 그들의 마음을 들여다본 적은 없었음을 반성했다.

나는 나의 패배를 받아들이기로 했다. 작은아이가 엄마인 나보다 언니를 더 좋아하는 것이 당연함을 인정할 수밖에 없었다.

"엄마, 내가 이렇게 책을 많이 읽는지 몰랐지? 좋은 언니가 되는 데에도 책이 꼭 필요하더라고."

큰아이는 유난히 큰 눈을 반짝이며 자신감을 내비쳤고, 나는 박수를 쳤다. 그동안 동생과 싸우고 지지고 볶는 과정에서, 여러 책의 도움을 받으며 동생과의 문제를 풀어가면서 큰아이는 '형제간 우애'의 고수가 되었다. 나도 이젠 사랑하는 사람들의 뜻이 무엇인지, 마음은 어떤지 헤아릴 줄 아는 사람이 되어야겠다고 다짐했다. 큰아이는 내가 정신을 번쩍 차릴 만큼 강력한 마지막 한마디를 서슴없이 날렸다.

"엄마, 수린이의 마음을 잃는 건 수린이를 잃는 것과 같아!"

무엇과도 바꿀 수 없는 소중한 가치, '동심'

우리 세 모녀는 린드그렌의 작품들에 푹 빠졌다. 부모님 없이도 힘차고 재미나게 살아가는 말괄량이 소녀 삐삐 롱스타킹에게 깊이 매료되기도 했고, 마디타와 리사벳이 되어 책 안팎을 오가며 신나게 놀기도 했다. 동생 카알을 대신한 형 요나탄의 죽음 앞에서 눈물을 펑펑 쏟기도 했지만, 악의 무리에 맞선 두 형제의 모험을 통해 두려움이 용기로 바뀌는 경이로운 경험도 했다. 소심한 겁쟁이 동생이 형을 구하는 마지막 장면은 린드그렌 작품 중 최고로 감동적인 장면이다.

'내 안에 숨 쉬고 있는 어린아이'를 즐겁게 해주기 위해서, 또 그 즐거움을 다른 이들과 나누고 싶어서 동화를 썼다는 린드그렌. 자연 속에서 온갖 놀이와 모험으로 보낸 행복했던 어린 시절 덕분에 린드그렌은 삶의 힘든 시간을 꿋꿋이 버틸 수 있었다고 한다. 그래서 어린이와 어른 모두의 마음속에 '동심'이라는 꽃을 피우는 아름다운 작품들을 남겼나 보다.

영국 시인 윌리엄 워즈워스의 시 〈무지개〉에는 "어린이는 어른의 아버지"라는 구절이 있다. 나는 요즘 두 아이를 보며 그 표현에 진심으로 공감하고 있다. 어른이 되어 잃어버린 소중한 가치를 어린이는 간직하고 있다. 부모로서 내 아이들에게 무언가를 가르치는 것보다 아이들이 이미 가지고 있는 소중한 가치를 잃어버리지 않도록 지켜주는 것이 더 중요하지 않을까? 동시에 내가 이미 잃어버린 소중한 가치를 다시 되새겨보는 것 아닐까? 세상에 둘도 없는 사이가 된 우리집 두 아이. 하루가 다르게 두터워지는 둘의 각별한 우애를 지켜보며 내 마음도 아이 마음이 되어갔다. 이제 '동심'은 내 마음의 중심이 되었다. 아내로, 엄마로, 딸로, 며느리로 사는 일상에서 나의 동심이 고개를 내밀 때 이제 외면하지 않고 잘 돌봐주기로 했다.

마흔이 넘은 내게 동심이 출몰하면서부터 일상엔 생기가 넘쳐났다. 아이들과도 재미있는 놀이를 할 수 있게 되었고, 대한민국에서 가장 무시무시하다는 중2병을 앓는 사춘기 중학생들과도 소통이 가능해졌다. 과거를 회상하는 것을 즐기시는 부모님들과도 대화하기가 좀 더 편해졌다. 누구나 어린 시절의 경험을 간직하기 때문에 동심은 세대를 아우르는 공통분모가 된다. 부모로서 내가 할 수 있는 최선의 일은 어린 린드그렌의 부모님이 그랬듯이 내 아이들이 동심을 잘 간직할 수 있도록 자유롭게 실컷 뛰어놀게 해주는 것이리라.

아빠의 편지

최고의 언니가 된 수민이에게

엄마, 아빠가 많이 바빴을 때 수민이가 수린이와 잘 지낸 것을 아빠는 칭찬하고 싶구나. 어린 수민이가 더 어린 수린이를 돌보느라 얼마나 힘들었을까? 때로는 동생이 없었으면, 때로는 동생을 팔아버렸으면 했을 그 마음, 아빠는 다 이해한단다. 엄마가 수민이 마음을 몰라줄 때 가장 많이 속상했을 거야. 그 어려운 시기를 잘 견뎌내고 지금 최고의 언니가 된 수민이가 너무나 멋져.

동생 수린이와 잘 지내기 위해, 수민이가 《맹자》를 직접 찾아 읽고 실제로 동생을 대할 때 깨달은 바를 행동으로 옮겼다는 이야기를 듣고 아빠는 깜짝 놀랐어. 아빠는 《맹자》를 대학생 때 읽었는데, 우리 수민이는 초등학생인데 벌써 읽었구나. 읽는 것뿐만 아니라 실제로 그 가르침을 행동으로 옮겼다니 정말 대단한걸! 아빠가 좋아하는 철학자들의 이야기를 수민이도 즐겨 읽는다니 매우 기쁘단다.

맹자는 '호연지기(浩然之氣)'라는 단어를 처음 쓰신 분이야. 매사를 행함에 있어 마음 한가운데에 그 일을 비추어보아 참되고 바른 일은 반드시 행하되 그렇지 못한 일은 삼가기를 반복할 때 호연지기를 기를 수 있어. 호연지기를 기르면 어떤 어려움이나 유혹에도 마음이 흔들리지 않게 된단다. 맹자의 말씀을 한마디로 정리하면 "자신의 마음에 비추어 떳떳하게 행동하라."라고 아빠는 생각해. 사람은 누구나 부끄러운 일을 하면 어깨가 움츠러들게 마련이지. 그러나 자신의 마음속 양심에 비추어 옳고 바른 일을 하는 사람은 어떤 상황에서도 어느 누구 앞에서도 떳떳할 수 있단다.

아빠는 《맹자》를 읽으며 핵심은 '호연지기'라고 생각했는데, 수민이는 동생을 대하는 법을 터득했구나. 그래서 수민이는 동생 수린이에게 최고의 언니가 되었지. 이젠 수민이가 최고의 언니를 넘어 《사자왕 형제의 모험》 속 사자왕 '요나탄' 형처럼 되고 싶다고 했지? 요나탄 형처럼 어떤 불의에도 맞설 수 있는 용기와 정의로움이 충만한 언니가 되고 싶다고 말이야. 수민이가 맹자의 호연지기를 마음속에 간직하길 바랄게. 이제 아빠는 널 '우리집 사자왕 유수민'이라 불러야겠구나!

함께 읽으면 좋은 책

어린이

《피터의 의자》 에즈라 잭 키츠 글·그림 | 이진영 옮김 | 시공주니어

《동생이 '뚝' 태어났어》 신희진 글·그림 | 시공주니어

《동생이 미운 걸 어떡해!》 로렌 차일드 글·그림 | 김난령 옮김 | 국민서관

《난 형이니까》 후쿠다 이와오 글·그림 | 김난주 옮김 | 아이세움

《우리 형이니까》 후쿠와 이와오 글·그림 | 김난주 옮김 | 아이세움

《원숭이 오누이》 채인선 글 | 배현주 그림 | 한림출판사

《나는 둘째입니다》 정윤정 글·그림 | 시공주니어

《지하철을 타고서》 고대영 글 | 김영진 그림 | 길벗어린이

《누나가 좋다》 고대영 글 | 한상언 그림 | 길벗어린이

청소년

《오빠는 사춘기》 채인선 글 | 창비

《마디타와 리사벳》 아스트리드 린드그렌 글 | 김라합 옮김 | 문학과지성사

《저거 봐, 마디타, 눈이 와!》 아스트리드 린드그렌 글 | 일론 비클란드 그림 | 김서정 옮김 | 바람의아이들

성인

《정약용과 그의 형제들》 이덕일 글 | 다산초당

《카네기 인간관계론》 데일 카네기 글 | 최염순 옮김 | 씨앗을뿌리는사람

《대학·중용》 주희 글 | 김미영 옮김 | 홍익출판사

5 우정

새로운 친구가 필요해

최근 들어 단짝 친구가 있었으면 하는 큰아이가 호기심 가득한 목소리로 물었다.

"엄마, 엄마는 단짝이 있어?"

"그럼."

"정말? 그게 누군데?"

"그야 물론 엄마의 남편이자 우리 수민이의 아빠지.

엄마에게 아빠는 세상에 둘도 없는 친구야."

"어떻게 아빠랑 그렇게 오랫동안 친하게 지낼 수 있었어?"

"처음부터 사이가 좋았던 건 아니야. 지금처럼 잘 지내기 위해서 엄마도 아빠도 서로 노력했지."

"어떤 노력을 해야 해?"

아이는 비법이라도 전수받겠다는 듯 간절한 눈빛을 하고서 다시 물었다.

새로운 친구가 필요해

새 학년 초가 되면 엄마들은 바쁘다. 아이가 초등학교 저학년인 경우, 내 아이 '친구 만들어주기' 또는 '사회성 키우기'를 목표로 엄마들의 사적인 모임들이 여느 때보다 활발해진다. 엄마들과 아이들이 한데 모여, 아이들은 새로운 친구들을 사귀고 엄마들은 아이들 학습에 도움이 될 만한 정보를 공유한다. 얼핏 보면 아이와 엄마 모두에게 유익한 모임인 것 같다.

친구를 만들어주고 싶은 엄마들의 마음과는 달리, 아이들은 각자 놀고 있다. 같은 곳에 모여 있기만 할 뿐 저마다 게임기나 스마트폰, 패드 등을 가지고 따로 논다. 어쩌다 나누는 대화를 들어보면 무료 다운로드 정보나 게임 노하우 등의 얘기뿐이다. 그런 전자 기기 중 어느 것 하나 없어 멀뚱거리는 아이가 있다면, 그 아이 엄마에게 돌아오는 충고는 이렇다.

"아유, 얼마나 잘 키우려고 게임기 하나를 안 사줘요?"

"그러게, 애들 사회성을 위해서라도 하나쯤은 필요해요."

"아이 왕따 안 당하게 하려면 하나 사주세요."

다른 아이들이 다 가지고 있다고 우리 아이에게도 꼭 사줘야 할까? 나라고 이런 고민을 안 한 게 아니다. 그런데 우리나라 청소년 문제 중 1, 2위를 다투는 게 청소년 우울증과 인터넷 중독이라고 한다. 청소년 문제로서 인터넷 중독, 즉 게임 중독은 한국·중국·대만에서만 나타나는 특이한 현상이란다. 아동, 청소년의 인터넷 중독은 성인의 도박 중독, 알코올 중독을 능가할 만큼 심각하다. 초등학생 이전 또는 초등학생 때 게임에 노출된 아이는 바로 인터넷 중독으로 연결된다고 볼 수 있다. 게임 중독에 빠진 청소년을 게임에서 구제하기 위해서는 온 가족이 다 함께 오만 가지 방법을 총동원해서도 6, 7년이 걸릴 만큼 치료가 어렵다고 전문가들은 말한다. 치료 후에도 평생 중독의 유혹에 시달린다고 하니 사실상 완치는 어렵다.

어린이 방송이 주를 이루는 초저녁 시간대, TV를 켜면 아이들 장난감 광고가 줄줄이 이어진다. 학교를 마치고 학원을 돌며 바쁜 하루를 보낸 아이들은 친구와 만나 놀 새도 없이 TV앞에 앉아 장난감 광고의 유혹에 홀딱 빠진다. 날짜를 정하고 시간을 맞춰야 겨우 만날 수 있는 친구는 번거롭다. 그렇게 친구를 만나도 조금 놀다 보면 금방 학원 갈 시간이 되어 헤어져야 하기 때문에, 아이들은 필요할 때 언제나 그 자리에서 기다려주는 장난감 친구를 더 찾게 된다. 어쩜 그리도 아이들 마음을 꿰뚫어보는지 새로운 장난감들은 끊임없이 쏟아져 나온다.

늘 새로운 것을 찾는 요즘 아이들. 아무리 재미있는 게임이나 장난감이라도 어느 정도 가지고 놀면 지루해지게 마련이다. 그러면 아이들은 또 다른 게임, 더 새로운 장난감을 찾는다. 내 아이가 또래 관계에서 왕따당하지 않을까 불안한 엄마들은 때에 맞춰 최신 기기, 최신 장난감으로 척척 바꿔준다. 우리 아이들에겐 새로운 친구, 진짜 친구가 필요할 텐데……. 영혼 없는 물건들이 아이들의 마음을 더욱 빈곤하게 만들진 않을까.

내가 친구가 되어줄게

"엄마, 단짝 친구는 어떻게 만드는 거야?"

초등 1, 2학년일 때, 주로 엄친딸(말 그대로 엄마 친구 딸)들과 놀던 큰 아이는 3학년이 되자 자신의 마음속 빛나는 보석을 알아봐줄 단짝 친구가 생겼으면 했다. 엘윈 브룩스 화이트의 《샬롯의 거미줄》은 아이가 진심으로 친구를 사귀고 싶어 할 때 읽어주면 좋은 책이다.

약하게 타고나 살려봤자 곧 죽거나, 목숨을 부지하더라도 돼지로서 제 구실을 못할 것 같은 윌버. 주인아저씨는 윌버를 죽이려고 하지만 막내딸이 울고불고하며 말리는 통에 한바탕 소동이 일어난다. 겨우 살아남은 윌버는 단돈 6달러에 이웃 삼촌네로 팔려가는 신세가 된다. 손이 많이 가는 가축을 먼저 해치우는 법, 그해 크리스마스에 돼지 윌버는 햄이나 베이컨으로 만들어질 운명에 처하게 된다. 하지만 영리하고 재주 많은 거미, 샬롯이 나타나 윌버를 구하겠다고 나서면서 이야기는 흥미진진하게 펼쳐진다.

샬롯의 거미줄

엘윈 브룩스 화이트 글 | 가스 윌리엄즈 그림 | 김화곤 옮김 | 시공주니어

"친구가 있었으면 좋겠니, 윌버? 내가 친구가 되어줄게. 난 하루 종일 널 지켜보았는데, 네가 마음에 들었어." 돼지 윌버의 마음속 보석을 발견한 거미 샬롯. 거미 한 마리가 어떻게 돼지의 목숨을 구할 수 있을까? 샬롯은 "내가 벌레를 속일 수 있으면, 사람도 속일 수 있어. 사람들은 벌레만큼 영리하지 않으니까."라며 기발한 작전에 돌입한다. 바로 자신의 거미줄로 '대단한 돼지'라 짜놓은 것! 윌버는 대단한 돼지에 걸맞게 행동하려고 노력하고, 주인아저씨는 아침 이슬이 맺힌 거미줄의 메시지를 보고 기적이 일어났다며 호들갑을 떤다. 돼지 윌버가 특별하다고 믿기 시작한 것이다. 이어 샬롯은 '근사한 돼지', '눈부신 돼지', '겸허한 돼지'를 거미줄에 짜놓고, 윌버는 점점 그 이름에 걸맞은 돼지가 되어간다. 급기야 윌버는 품평회에서 명예로운 상을 수상하고 주인아저씨의 자랑이 되어 햄이나 베이컨이 되는 운명을 면하게 된다.

돼지보다 수명이 현저히 짧은 거미 샬롯은 죽음이 다가와 거미줄을 더 이상 짤 수 없는 순간까지 친구 윌버의 목숨을 구하는 데 자신의 거미줄을 쓴다. 기껏해야 파리나 잡아먹을 때 쓰라고 있는 거미줄을 친구를 위해 쓰자 기적이 일어난다. 샬롯은 왜 친구 윌버를 구한 것일까? "윌버, 너는 내 친구였어. 너를 좋아했기 때문에 거미줄을 짰던 거야. 난 널 도움으로써 내 삶을 조금이나마 나은 것으로 만드려고 했던 건지도 모르겠어."라고 말하는 샬롯의 목소리가 들리는 듯하다. 우정은 내 인생을 풍부하게 만드는 것, 거미 샬롯의 말대로 우정은 내 삶을 가치 있는 것으로 승격시켜주는 그 무엇인지도 모르겠다.

우정 지속의 법칙

내 아이에게 딱 맞는 친구를 만들어주려는 엄마들에게 전문가들은 자녀의 사회성을 기를 목적으로 일부러 여러 친구와의 만남을 주선하지 말라고 충고한다. 하지만 한 친구와 오래도록 우정을 쌓아갈 수 있게 가르치는 것은 아주 중요하다고 강조한다. 아이 스스로 마음에 드는 친구를 만나 마음을 열고, 친해지고, 싸우고, 화해하고, 이별하는 과정을 겪으면서 아이는 훌쩍 자란다. 친구 열 명과 원만한 관계를 유지하는 것보다 한 명과 깊이 사귀는 것이 아이에게도, 사회성을 기르는 데도 좋다고 한다.

마음에 드는 친구가 생겼다면 친구를 사귀는 법에서부터 우정을 유지하는 법, 친구와의 이별에 대처하는 법까지 안내해주는 설흔의 《우정 지속의 법칙》을 읽어보면 좋겠다. 저자는 자신의 사연은 물론 고전, 영화, 옛 위인 들의 일화를 통해 친구 사이에 지켜야 할 11가지 법칙을 제안한다.

우정 지속의 법칙
설흔 글 | 창비

"그 친구는 삼촌 때문에 죽은 거야."

《우정 지속의 법칙》 속 저자의 중3짜리 조카가 한 말이다. 조카의 이 한마디 말은 날카로운 창이 되어 삼촌의 마음을 후볐다. 어쩌면 그 말은 사실일지도 모른다. 저자가 중3 때, 학교 문제로 고민하던 그의 단짝이 스스로 목숨을 끊은 일이 있었다. 친구를 잃고 나서야 저자는 그 친구가 자신에게 얼마나 소중한 존재였는지, 또 자신은 그 친구에게 얼마나 부족한 친구였는지 깨닫는다. 소중한 친구와 중학생 조카를 실망시킨 저자는 때늦은 후회와 자책으로 이 책을 완성했다. 한편, 한창 학교와 친구 문제로 심각한 고민에 빠진 조카는 학교를 그만두고 새로운 출발선에 선다. 죽음으로 잃어버린 친구의 사연과 친구에 대한 그리움, 조카와의 갈등과 화해가 묻어 있는 이 책을 다 읽고 나면 가슴이 먹먹해지면서 친구들에 대한 그리움으로 마음이 꽉 차오른다.

저자가 제시하는 '우정 지속의 법칙'은 다음과 같다.

1. 불쑥 찾아가자.
2. 줄기차게 만나자.
3. 둘만의 것을 공유하자.
4. 소중한 것을 아낌없이 내주자.
5. 약속을 꼭 지키자.
6. 함부로 대하지 말자.
7. 잘못을 인정하자.
8. 잘못을 알려주자.
9. 모두가 외면할 때 손을 내밀자.
10. 함께 가자.
11. 함께하는 지금을 즐기자.

책을 읽다 보면 저자가 제시하는 11가지 우정 지속의 법칙에 고개가 절로 끄덕여지고, 소중했던 친구들 얼굴이 하나하나 떠오른다. 불쑥 찾아가고 줄기차게 만나기를 지속했더라면 얼마나 좋았을까? 둘만의 것을 공유하고, 소중한 것을 아낌없이 내주었다면 얼마나 좋았을까? 잘못을 인정하고 모두가 외면할 때 내가 먼저 손을 내밀었다면 얼마나 좋았을까? 우정은 화초를 키우듯 물을 주고 햇볕을 쬐어 자라면 분갈이를 하며 가꾸어야 한다.

드디어 초등학교 3학년이 된 큰아이에게 단짝이 생겼다. 자신과 비슷한 성향의 친구가 너무 좋고 얼른 놀고 싶어 학교 가는 것을 무척 즐거워했다. 내향형의 큰아이가 태어나 처음으로 마음의 문을 활짝 열어 받아들인 친구였다. 아이가 우정 지속의 법칙을 꼬박 지킨 지 서너 달이 지났을 무렵, 그 친구에게 더 친하게 지내고 싶은 다른 친구가 생긴 모양이었다. 그 친구가 먼저 이별 통보를 해왔다. 하루아침에 이별 통보를 받은 아이는 상심이 컸다. 학교 가는 뒷모습에 힘이 없었다.

"나는 깨달았다. 친구들과의 우정도 피할 수 없는 성쇠가 있다는 것을. 지난날은 지난날이고 지금은 지금이라는 것을."

아이와 나는 박제가의 문장을 함께 읽었다. 시작이 있으면 마지막이 있듯, 우정에도 끝이 있음을 아이는 받아들여야 했다. 아이는 한동안 슬퍼했지만, 우정이 끝나도 삶은 계속되듯 슬픔을 이겨내며 자신의 내면을 가다듬었다. 마음에 드는 친구를 만나 단짝이 되어 모든 것을 친구와 공유하며 행복하게 지냈지만, 싸우고 화해하고 또 싸우고 이별하는 일련의 과정을 겪으면서 마음의 키가 한 뼘은 더 자란 듯했다.

"엄마, 그 친구가 나랑 지내면서 많이 힘들었던 거 같아. 다음에는 그러지 말아야겠어."

좋은 친구? 나쁜 친구?

4학년이 된 큰아이에게 또 다른 친구가 생겼다. 이번엔 자신과 비슷한 점을 발견할 수 없는, 여러 가지 면에서 많이 다른 친구라 했다. 새 친구는 큰아이를 놀리기도 하고 큰아이가 한 숙제에 낙서를 하거나 물건을 망가뜨리기도 했다. 좋아했던 친구를 떠나보낸 경험이 있는 아이는 이번엔 잘해보자 다짐하는 눈치였다. 새 친구의 짓궂은 장난에도 아이는 최대한 인내의 미덕을 발휘하는 것 같았다. 하루는 그 친구가 쪽지를 보내왔다. "그동안 미안했어. 앞으로 친하게 지내자."라고 적혀 있다면 얼마나 좋았을까? 내심 기대했지만 쪽지의 내용은 이랬다.

"삼가 고인의 명복을 빕니다."

큰아이는 속상해했다. 아무리 친한 친구의 장난이라지만 자신을 죽은 사람 취급하는 걸 두고 볼 수는 없는 모양이었다. 아이는 내게 상담을 요청했다. 한창 친구가 좋아지는 시기에 아이 친구에 대한 엄마의 조언은 퍽 조심스럽다. 내 어릴 적 기억을 떠올려보면, 태어나 처음으로 부모님이 작아 보이기 시작했을 때가 초등학교 4학년이었다. 내가 친구 문제로 고민하던 그때, 자식 사랑이 유별나신 부모님은 내 친구들을 '좋은 친구'와 '나쁜 친구'로 나누어, 내가 나쁜 친구는 멀리하고 좋은 친구만 가까이 하길 바라셨다. 그때 내 심정이 어땠냐면, 마음속 하늘같이 높은 곳에 계시던 부모님이 한순간에 날개도 없이 땅속으로 추락하는 것 같았다. 내 경험에 비추어보면, 아이가 친구 문제로 고민할 때 부모가 적극적인 개입을 하는 건 안 하니만 못한 결과를 낳을 수 있었다. 고민 끝에 나는 마더 테레사의 전기 《소박한 기적》에 나오는 그의 어머니 말씀을 인용하기로 했다.

“수민아, 친구 때문에 많이 속상하지? 마더 테레사 수녀님의 어머니 말씀 한번 들어볼까?”

어머니는 자녀들을 불러 모아 성한 사과들 가운데 썩은 사과를 집어 넣은 사과 상자를 보관하라고 하셨다. 이틀이 지난 후, 어머니는 아이들을 다시 불러 사과 상자의 뚜껑을 열어 사과 상태가 어떤지 살펴보라고 하셨다. 썩은 사과 가까이 있는 사과들은 모두 상하거나 상하기 시작해서 먹을 수가 없었다. “얘들아, 너희는 참 착한 아이들이다. 하지만 나쁜 사람들과 어울리는 그 순간부터 이 사과들처럼 상하기 시작할 거야. 그러니 사람을 사귈 때는 신중하여라.”

어릴 적 내 부모님께서 하신 말씀과 다를 바 없는 이야기다. 내 아이 주변에 좋은 친구들만 가득하기를 바라는 마음을 나는 그렇게 전달했다.

“엄마, 마더 테레사 수녀님은 돌아가시기 직전에, 더 많은 사람을 받아들이지 못한 것을 후회하셨대. 어머니의 사과 상자 이야기를 듣고 친구 사귀기에 신중했던 걸 후회하신 건 아닐까?”

마더 테레사 수녀의 위인전을 읽은 경험을 살려 아이는 반박해왔다. 일리가 있는 말이다. 좋은 친구만 가려 사귀는 게 맞는 걸까? 아이의 친구를 좋은 친구, 나쁜 친구로 구분하는 것이 과연 엄마로서 할 일인가 싶었다.

“엄마도 좀 더 생각해볼게.”

며칠 뒤, 큰아이는 의외의 장소에서 해답을 찾았다며 좋아했다. 하꽃길에 담배를 피우고 있던 고등학생 오빠들 무리에서 담배를 피우지 않는 단 한 명의 오빠를 보고, 심지어 담배를 피우는 친구들을 말리는 그 오빠를 보고 아이는 느끼는 바가 있었다고 한다. 그 장면이 꽤나 인상 깊었던 모양이다.

"엄마, 그 오빠 참 멋지더라. 친구들한테 당당하게 이야기하더라고. 나도 그런 오빠 같은 친구가 될래."

마더 테레사 수녀 어머니의 사과 상자 이야기와 반대로, 우리는 일상에서 "성한 사과 하나가 있어 다른 모든 사과가 상하지 않을 수 있다."라는 새로운 사과 상자 이야기를 실천해보기로 했다. 큰아이는 짓궂은 친구에게 그러지 말라고 당당하게 말해볼 용기를 얻었다. 아이도 나도 친구가 나쁜 길을 갈 때 좋은 쪽으로 안내해줄 수 있는 친구가 되어보자고 다짐했다.

새로운 친구가 필요 없잖아!

초등학교에서 '책 읽어주는 엄마'로서 아이들에게 재미있는 책, 감동적인 책, 유명한 책을 중심으로 읽어주기도 했고, 학년별 학습에 도움이 되는 책 위주로 읽어주기도 했지만, 초등학생인 우리 아이들에게 가장 필요한 책을 꼽으라면 나는 단연 '우정'을 테마로 한 책들을 꼽는다.

초등학생들도 스마트폰이나 게임 등으로 혼자 보내는 시간이 많아졌단다. 친구들과 함께 뛰어놀아야 할 시기에 혼자 게임만 하는 아이들을 우려한 30년 경력의 교사가 내게 '우정 그림책 읽어주기' 커리큘럼을 만들어볼 것을 부탁하셨고, 그것이 계기가 되어 나는 초등학교 3학년 아이들의 이야기를 들을 기회를 얻었다. '어떤 친구를 사귀고 싶니?'라는 질문에 남자아이들은 '힘센 친구'를, 여자아이들은 '인기 많은 친구'를 꼽았다. 아이들은 힘센 친구나 인기 많은 친구와 친하게 지내면서 자신을 그 친구와 동일시하는 경향을 보이기도 했다. 심지어 게임에 장시간 노출된 아이들 중에는 실생활도 게임으로 생각해 승자가 옳다고 말하기도 했다. 그 아이들은 반 친구들 사이에 다툼이 있을 때, 옳고 그른 것으로 상황 판단을 하는 것이 아니라, 다툼에서 이긴 쪽을 옳다고 판단하고 있었다.

친구들 간 다툼이 잦은 반에서 나는 우정 그림책을 읽어주기를 시작했다. 한 학기가 지나자 아이들은 조금씩 달라졌다. 싸움에서 늘 이기기 때문에 반 아이들 사이에서 독보적인 존재로 군림하던 힘센 친구가 먼저 사과를 하기도 했고, 그 친구의 가방이라도 들어주어야 마음이 놓이던 약한 친구는 자신이 힘센 친구와 다를 바 없는 존재임을 깨닫고 가방 들어주기를 그만두기도 했다. 예상보다 이른 아이들의 변화를 지켜보며 나는 우정 책 읽어주기에 보람을 느꼈다.

학년 초 새로운 교실에 들어가서 꼭 하는 질문이 있다. "마음에 드는 친구가 있니?" "친구의 어떤 면이 마음에 드니?" 아이들은 하나같이 예쁜 입술을 삐죽거리며 누구는 작아서 싫고, 누구는 뚱뚱해서 싫고, 누구는 시끄러워서 싫고, 누구는 냄새가 나서 싫고……. 아이들은 주위 친구들을 둘러보며 끝도 없이 친구의 단점만 늘어놓는다. 바로 그때, 나는 오스트리아 그림책 작가, 아델하이트 다히메네의 《새로운 친구가 필요해!》를 슬쩍 꺼낸다.

새로운 친구가 필요해!
아델하이트 다히메네 글 | 하이데 슈퇴링거 그림 | 유혜자 옮김 | 미래아이

《새로운 친구가 필요해!》의 동물 친구들은 교실 속 아이들을 쏙 빼닮았다. 꼬꼬닭은 시끄러워서 싫고, 돼지는 냄새가 지독해서 싫고, 생쥐는 작아서 싫다. 심심한데 마음에 드는 친구 하나 없고, 짜증이 날 대로 난 동물 친구들은 날아가는 우편배달부 비둘기에게 도움을 청한다. "여긴, 너무 지겨워! 새로운 친구 하나만 보내줘요." 비둘기의 대답은 바로 원하는 친구를 직접 만들어보라는 것! 동물들은 서로 헐뜯기를 멈추고 모두 힘을 합쳐 '새로운 친구'를 만들기 시작한다. 지푸라기를 털실로 꽁꽁 묶고 뼈다귀를 집어넣어 완성한 친구는 말이 없다. 꿈쩍도 하지 않는 '새로운 친구'를 위해 동물들은 각자 가장 친절하고 멋진 모습을 보여주기로 한다. 염소는 약초를 선물하고, 닭은 자장가를 불러주고, 개는 경비견이 되어 지켜준다. 고양이는 깨끗이 핥

아주고, 생쥐는 신문을 읽어준다. 그러면서 동물들은 서로에게서 미처 발견하지 못한 장점들을 발견하고 서로가 서로의 친구가 되기를 원하게 된다. 동물들은 이구동성으로 외친다. "어? 그러고 보니 새로운 친구가 필요 없잖아?" 서로의 모습에 반한 동물 친구들은 얼싸안고 춤을 주며 노래를 부른다. 모두 친한 친구가 된다.

《새로운 친구가 필요해!》는 친구의 장점보다 단점이 눈에 먼저 들어오는 요즘 아이들에게 꼭 읽어주고 싶다. 지금 내 옆에 있는 친구에게서 단점만 보이고 그 친구가 지겹기만 하다면, 새로운 친구를 찾아 나서기 전에 눈을 크게 뜨고 그 친구의 장점을 찾아보는 건 어떨까? 친구에게서 미처 알지 못하던 보석을 발견할 수도 있고, 단짝을 얻는 행운의 기회를 잡을 수도 있다. 친구란 매번 다른 존재가 아니라 오래 묵어도 늘 새로운 존재다.

아빠의
편지

친한 친구가 생긴 수민이에게

수민아, 친구와 손을 잡고 걸어보았니? 햇살 쏟아지는 맑은 날도 좋겠지만, 비 오는 날 한 우산 아래 둘이 함께라면 더 좋겠지. 이 세상에 내 손을 잡아주는 단 한 명의 친구가 지금 이 순간 나와 함께 걷고 있다는 행복을 느껴보렴. 마주 잡은 두 손바닥에서 우정이 피어나 두 사람의 몸과 마음으로 퍼져 나갈 거야. 친구와 마주 잡은 손 하나로 세상은 더욱 빛나 보이고, 그 친구와 함께라면 어떠한 어려움도 헤쳐 나갈 수 있겠다는 믿음이 생길 거야.

'벗 우(友)'라는 한자는 손을 뜻하는 모양(𠂇)과 손(又, 우)이라는 음이 합쳐진 글자란다. 두 손 모양으로 친구가 손을 뻗어 손을 잡는 것을 나타낸대. 벗 우(友)란 한자를 처음 만든 그 옛날 분들도 분명 친구와 손을 마주 잡고 길을 걸어보셨을 거야. 친구와 함께 노래를 부르며 말이지.

수민이가 좋아하는 친구가 생겼다고 자랑할 때가 엊그제 같은데, 친구와 다투었다고 했지. 그 친구가 수민이 마음을 몰라줘서 속

상하다며 눈물을 보였지. 좋아하는 친구가 내 마음을 몰라주면 얼마나 속상할까. 그 친구를 좋아하는 마음이 크면 클수록 속상한 마음도 더 클 거야.

아빠가 이야기 하나 들려줄게. 옛날에 바닷새 한 마리가 육지 구경을 나왔어. 그 바닷새는 어느 도시를 구경하다가 그만 사람들에게 붙잡히고 말았단다. 사람들은 이 바닷새를 잡아서 임금님께 바쳤어. 임금님은 가엾기도 하고 예쁘기도 한 그 새가 마음에 쏙 들었지. 임금님은 그 바닷새와 친구가 되어 가까이 두고 싶어서 궁궐로 데리고 왔어. 술도 권하고 음악도 연주해주고 맛있는 고기를 대접했단다. 가장 좋은 음식과 가장 좋은 음악으로 고향을 떠나온 바닷새를 위로했던 거야. 그러나 바닷새는 고기 한 점 먹지 않고 술 한 잔 마시지 않은 채 슬퍼하기만 했지. 그러다 사흘 만에 그만 죽어버리고 말았단다.

임금님과 바닷새 이야기는 아빠가 좋아하는 《장자》라는 책에 나오는 이야기야. 임금님의 바닷새처럼, 좋은 친구는 사귀기는 어렵지만 잃기는 쉽단다. 이야기 속의 임금님은 바닷새를 친구로 만들고 싶어 했어. 그러나 임금님은 그의 마음을 헤아리진 못했던 거야. 임금님은 바닷새의 마음도 자신의 마음과 똑같을 거라 여겼고 그래서 자기가 좋아하는 것들을 바닷새에게 주었던 거야. 그것들이 바닷새에겐 독이 되는지도 모르고 말이야.

좋아하는 친구와 오랫동안 우정을 지속하기 위해선 친구의 마음을 헤아리기 위해 노력해야 해. 눈으로만 친구를 보지 말고 마음으로도 봐야 한단다. 좋은 우정을 오랜 세월 이어가기 위해서는 그만큼 많은 노력이 필요하단다. 그래서 진정한 우정을 느리게 자라는 나무에 비유하기도 하지. 내 입장에서 내 마음을 들여다보듯 친구 입장이 되어 그의 마음을 들여다볼 수 있을 때, 진정한 우정은 나무처럼 자라나 꽃을 피우고 열매를 맺는 거란다.

친구가 내 마음을 몰라줘서 속상하다면 나는 내 친구 마음을 제대로 알고 있나 한번 돌아보렴. 수민이가 좋아하는 그 친구도 어쩌면 수민이가 자기 마음을 몰라준다며 속상해하고 있을지도 몰라. 수민이가 먼저 손 내미는 것도 멋진 일이야. 친구와 손을 마주 잡고 우정의 아지랑이가 아른아른 피어오르는 길을 함께 걸어보았으면 해.

함께 읽으면 좋은 책

어린이

《누구라도 친구》 신자와 도시히코 글·그림 | 윤문조 옮김 | 문학동네

《빨간 고양이 마투》 에릭 바튀 글·그림 | 최정수 옮김 | 문학동네

《친구를 찾습니다》 사쿠라 토모코 글 | 이모토 요코 그림 | 이정원 옮김 | 문학동네

《울퉁이와 콕콕이》 존 밀러 글 | 줄리아노 쿠코 그림 | 한진여 옮김 | 섬집아이

《폭풍우 치는 밤에》 기무라 유이치 글·그림 | 김정화 옮김 | 아이세움

《흔들흔들 다리 위에서》 기무라 유이치 글·그림 | 고향옥 옮김 | 청어람미디어

《짝꿍 바꿔 주세요!》 다케다 미호 글·그림 | 고향옥 옮김 | 웅진주니어

《싸워도 돼요?》 고대영 글 | 김영진 그림 | 길벗어린이

《내 말 좀 들어 주세요》 윤영선 글 | 전금하 그림 | 문학동네

《고양이와 개》 에릭 바튀 글·그림 | 이재현 옮김 | 물구나무

《두발자전거 배우기》 고대영 글 | 김영진 그림 | 길벗어린이

청소년

《형광고양이》 아더우 글 | 다무 그림 | 하루 옮김 | 푸른날개

《내 친구를 찾아서》 조성자 글 | 홍정선 그림 | 시공주니어

《내 친구가 마녀래요》 E. L. 코닉스버그 글 | 장미란 옮김 | 문학과지성사

《산적의 딸 로냐》 아스트리드 린드그렌 글 | 이진영 옮김 | 시공주니어

《어린 왕자》 생텍쥐페리 글 | 강주헌 옮김 | 예담

성인

《소박한 기적》 T. T. 문다켈 글 | 황애경 옮김 | 위즈덤하우스

《데미안》 헤르만 헤세 글 | 전영애 옮김 | 민음사

《장자》 장자 글 | 오강남 옮김 | 현암사

6 배움

나에게 초능력이 있다면 얼마나 좋을까

아빠의 경제력, 엄마의 정보력, 선행 학습으로 문제 풀이 로봇이 된 아이, 이 3종 세트가 자녀의 성공을 위해 필요한 요소란다. 우리는 '기획된 가족'의 시대에 살고 있다.

취업하기 위해서 학벌, 학점, 토익의 스펙 3종 세트에, 어학연수, 자격증, 공모전, 인턴 경력, 사회봉사, 성형수술 등이 추가돼 스펙 9종 세트가 된 세상이라고 한다. 취업이 이렇게 어렵다 보니 학업 경쟁은 갈수록 더 치열해지고 있다. 입시 경쟁이 고등학교에서 중학교로 넘어온 지 이미 오래고, 이젠 초등학생들도 학업 경쟁에서 자유롭지 못하다. 진정한 배움이란 무엇일까? 배움이 경쟁에서 이기기 위한 수단은 아닐 텐데 말이다.

나도 '초능력'이 있다고!

책 읽어주는 것만으로 두 돌에 한글을 떼고, 애니메이션을 보며 다섯 살에 영어 파닉스를 익힌 큰아이는 아홉 살이 되자 일본어 히라가나와 가타가나를 익히고 중국어 성조에 관심을 보이기 시작했다. 언니와 달리 다섯 살이 넘어서야 말문이 트인 작은아이의 고민은 심각했다.

"언니는 똑똑한데 나는 왜 안 똑똑할까?"

다섯 살 작은아이에게 아홉 살 언니는 퍽 멋진 존재면서 동시에 자신을 한없이 작게 만드는 존재였다. 똑똑한 큰아이에 가려 작은아이는 스스로를 점점 더 작게 느끼는 것 같았다. 물론 언어에 대한 관심 외에 다른 면에서 작은아이가 가진 장점도 많았지만, 언니가 3개 외국어를 하게 되면서 작은아이는 무척 스트레스를 받았다. 아이가 왠지 기운이 없어 보이거나 무슨 고민이 있어 보이면 아이와 함께 도서관 나들이를 했다. 그날도 의기소침해진 작은아이와 나는 단둘이 도서관으로 향했다.

"수린이가 좋아하는 책으로 골라와. 엄마가 다 읽어줄게."

아이는 《나는 둘째입니다》, 《왜 내 것만 작아요?》, 《내 초능력이 사라진 날》 세 권을 골라왔다. 한 권 한 권 작은아이의 마음을 그대로 담고 있었다. 아이는 유사한 그림책 속 등장인물들을 보면서 공감하고 또 위로받는 듯했다. 말이 느려 표현은 못해도 동생이어서 서러운 일들이 나름 많았나 보다. 똑똑한 언니로부터, 또 그런 언니에게 매번 감탄하는 엄마로부터 작은아이는 소외감을 느껴왔던 거다.

내 초능력이 사라진 날
미카엘 에스코피에 글 | 크리스 디 지아코모 그림 | 예빈 옮김 | 주니어김영사

“엄마, 언니는 초능력이 있는데, 나는 왜 없을까?”

“누구에게나 초능력은 있어. 수린이는 어떤 초능력이 있으면 좋겠어?”

“뭐든 쓱싹쓱싹 그리는 손!”

집으로 돌아오는 길에 문방구에 들러 작은아이가 직접 고른 스케치북과 크레파스를 샀다. 글자보다는 그림에, 말보다는 표정에, 성취보다는 관계에 민감한 작은아이가 어떤 그림을 그릴지 나는 무척 궁금했다.

어린 시절 높다란 미끄럼틀 위에서 내려갈까 말까 망설이며 두려움에 떨어본 경험은 누구에게나 한 번쯤 있을 것 같다. 미카엘 에스코피에의 《내 초능력이 사라진 날》 속 주인공 ‘나’는 하늘을 나는 초능력을 갖고 싶어 한다. 그래서 '나'는 매일매일 꼬박꼬박 연습을 한다. 침대 위에서 뛰어내려 보기도 하고, 조금 더 높은 곳에서 뛰어내려 보기도 한다. 여러 번 실패하지만 결국 '나'는 하늘을 나는 데 성공한다. '나'를 두렵게 만들었던 높다란 미끄럼틀을 타게 된 거다! 그러고 나서 '나'는 자신에게 초능력이 있다는 걸 믿게 된다.

이렇게 아이들은 작은 성취를 반복하며 큰 성취에 도전해볼 용기를 얻는다. 일단 한 번이라도 큰 성취를 이루고 나면 자신을 믿는 힘이 생기는 법이다.

작은아이는 자신이 그림을 그릴 수 있다는 걸 알게 된 날, 자신에게도 초능력이 있다는 사실을 깨달은 것 같았다. 그리고 '뭐든 쓱싹쓱싹 그리는 초능력'을 펼치기 위해 매일매일 그리기를 연습했다. 좋아하는 걸 하면서 조금씩 언니의 그림자를 벗어나 자기만의 색깔을 찾기 시작한 거다. 《내 초능력이 사라진 날》의 '나'가 하늘을 날기 위해 넘어져도 다시 일어나 시도한 것처럼, 작은아이도 그림이 자기 마음에 들 때까지 그리고 또 그렸다. 얼마나 열심히 그렸는지 다섯 살 아이의 그림을 우리 가족끼리만 보기 아까워 미술 공모전에 보냈다가 메달을 받기도 했으니까. 태어나 처음으로 큰 상을 받은 아이는 그간의 스트레스를 한 방에 날리는 경험을 한 셈이다.

"언니는 똑똑하고, 나는 그림을 잘 그리고. 난 커서 화가가 될 거야."

'마틸다'가 되고 싶어!

우리 집 두 아이는 영국의 아동 문학가 로알드 달에 열광한다. 그래서 온 가족이 아예 그의 전작을 읽는 지경에 이르렀다. 전작 읽기란 한 작가의 모든 작품을 읽음으로써 작가와 그의 작품 세계를 온전히 받아들이는 것을 말한다. 먼저 도서관에서 '로알드 달'을 검색한 후, 그의 작품을 모두 빌린다. 거실 한가운데 책들을 쌓아놓고 온 가족이 각자 따로 읽는다. 물론, 한글을 모르는 작은아이에겐 가족이 돌아가며 읽어주어야 한다. 혼자 읽기를 끝낸 다음엔, 각자 '나의 로알드 달 베스트 5'를 선정해본다. 온 가족이 둘러앉아 각자 자신의 베스트 5를 소개하고, 각자가 뽑은 이유를 나누는 건 참 재미있는 일이다. 각자의 베스트 5를 종합해서, '우리 가족 로알드 달 베스트 5'를 정리했던 경험은 오래도록 떠올리면 마음이 뿌듯해지는 가족의 추억이 될 것 같다.

로알드 달의 작품을 향한 사랑은 작가의 삶에 대한 관심으로 이어져, 우리 가족은 로알드 달의 평전을 빌려 읽기도 했다. 로알드 달의 작품들 중 《마틸다》와 《찰리와 초콜릿 공장》은 영화로도 만들어졌다. 아이들은 자신들이 좋아하는 책이 영화로도 만들어졌다는 사실에 놀라워하며 또 다른 재미를 느끼는 듯했다. 책을 읽으면서 머릿속에 그렸던 이미지들이 눈앞에서 재연되는 상황은 그야말로 경이롭다. 전작 읽기, 원서 읽기, 영화 보기, 평전 읽기 등은 작품을 좀 더 깊이 이해할 수 있는 훌륭한 시도들이다.

그리하여 '우리 가족 로알드 달 베스트 5' 중에서도 당당히 1위를 차지한 《마틸다》! 열 살 큰아이와 여섯 살 작은아이가 사랑해 마지않는 소녀 마틸다의 이야기를 한글로 읽고, 원서를 사서 원문으로도 읽고, 영화 《마틸다》는 서른 번도 넘게 본 것 같다.

마틸다
로알드 달 글 | 김난령 옮김 | 시공주니어

마틸다는 세 살 때 신문을 읽고 다섯 살 때 찰스 디킨스의 《위대한 유산》까지 읽어낸 엄청난 독서광이다. 그러나 마틸다의 엄마, 아빠는 텔레비전만 보고 돈만 밝힐 뿐 이런 마틸다에겐 관심도 없다. 초등학교도 마틸다가 귀찮아서 보낼 정도다. 그런데 이 학교는 더 이상한 곳이다. 어리지만 똑똑한 마틸다의 눈엔 집도 학교도 이상하기만 하다. 그건 다 이상한 어른들 때문이다. 트렌치불 교장과 관련된 끔찍한 비밀을 알게 된 마틸다는 분노에 떨며 눈짓으로 사물을 움직이게 하는 초능력을 개발한다. 초능력을 갖게 된 마틸다는 이상한 어른들에 대한 복수를 계획한다. 엄마, 아빠를 골탕먹이고 트렌치불 교장을 골려준다. 눈짓 한 번으로 무겁고 거대한 물건까지 옮길 정도의 대단한 초능력을 발휘하게 된 마틸다는 마침내 트렌치불 교장을 쫓아내기에

이른다. 마틸다가 이상한 어른들을 혼내주는 장면은 다시 봐도 통쾌하다.

"마틸다에게 어떻게 초능력이 생긴 걸까?"

"책을 많이 읽어서!"

내 질문에 두 아이가 동시에 대답했다. 도대체 책을 얼마나 많이 읽으면 초능력이 생기는 걸까? 정말 초능력이 생겨서 아이들을 괴롭히는 나쁜 어른들을 골탕먹일 수 있다면 얼마나 좋을까?

마틸다는 영국의 작은 마을에 있는 자신의 작은 방에 앉아서 책을 통해 세계 곳곳을 여행할 수 있었다. 책 속에서 흥미로운 삶을 살아가는 놀라운 사람들을 만나고 새로운 세계를 경험했던 것이다. 그리하여 마틸다는 엄마, 아빠는 결코 가질 수 없는, 인생을 바라보는 새로운 눈을 가지게 되었다.

초능력을 발휘하여 물질 만능주의에 찌든 가정과 학교를 뒤집어놓는 어린 소녀의 이야기, 로알드 달의 《마틸다》는 우리에게 질문을 던진다. 교육과 자본주의가 공고히 맞물려 돌아가는 지금의 가정과 학교에서 무엇을 어떻게 배울 거냐고. 당신은 진정한 배움을 실천하고 있느냐고. 마틸다가 보여준 초능력이란 진정한 배움의 결과로 얻은 새로운 눈을 뜻하는 게 아닐까. 《마틸다》는 진정한 배움만이 가정과 학교, 나아가 사회를 변화시키고 발전시킬 원동력이 된다는 진실을 보여준다.

온 가족이 다 함께 '호모 쿵푸스!'

초능력을 믿고 마틸다처럼 독서광이 되고 싶어 하던 아이들도 초등학교 고학년이 되면 책 읽는 것에 멈칫하게 된다. 책의 힘을 믿고 매일 밤 책 읽어주기를 고수한 나조차도 마찬가지 고민이 생겼다. 《공부의 달인 호모 쿵푸스》의 저자 고미숙에 따르면, 바로 '학교식 공부'가 짜놓은 장막에 걸려든 거다.

"아직도 책 읽혀요? 이제 슬슬 공부시켜야죠."

"맞아요. 아이 공부시키려면 학원가가 잘 조성되어 있는 곳으로 이사부터 가야 할 것 같아요."

초등학교 4학년 자녀를 둔 보통 엄마들의 대화다. 초등학교 고학년이 되면 이미 '학교 공부'가 어려워져서 수업을 잘 따라가려면 선행학습은 필수가 되었다. 공교육을 따라가기 위해 사교육이 뒷받침되어야 한다니. 아이들 대부분이 학원에 다니니 내 아이만 학원에 보내지 않아도 될까 불안한 마음도 든다. 우린 왜 이토록 '학교식 공부'가 짜놓은 장막 안에서 허우적대는 걸까. 그 장막이 결코 넘을 수 없는 '금지의 선'도 아닌데 말이다.

"4학년 되니까 수학이 많이 어렵지? 엄마가 수학 학원 한번 알아볼까?"

"아니야, 엄마. 혼자 힘으로 해볼게. 어려운 문제는 선생님께 여쭤보지 뭐."

내가 직장을 그만두면서 유치원을 그만둔 일곱 살 큰아이는 초등학교 1학년 때 아빠마저 직장에서 파업에 가담하면서 보습 학원이라고는 단 한 번도 다닌 적이 없었다. 여태껏 스스로 공부해온 아이지만 고학년이 되고 보니 이젠 학원에 보내야 되지 않을까 걱정되기 시작했다. 스스로 공부하겠다는 아이 말이 든든하면서도 엄마로서 내심 불안한 마음이 드는 건 어쩔 수 없었다.

"엄마, 난 학원에 안 다니니까 책 읽을 시간이 있어서 좋아. 친구들이 날 얼마나 부러워하는데!"

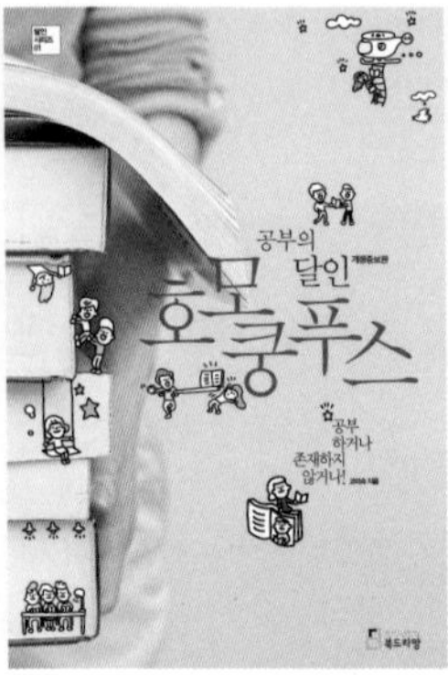

공부의 달인 호모 쿵푸스
고미숙 글 | 북드라망

이대로 책만 읽혀도 될까? 시간이 지나 아이가 입시의 문 앞에 서게 될 때 후회하는 건 아닐까? 걱정스런 마음으로 집은 책이 바로《공부의 달인 호모 쿵푸스》다. 고전 평론가 고미숙이 진정한 공부란 무엇인가에 대해 그녀만의 재치 있는 입담으로 풀어낸 이야기들을 엮었는데, 학교와 사회 그리고 가정이 퍼뜨린 공부에 대한 거짓을 파헤치고 난 후 진짜 공부가 무엇인지에 대한 해답을 제시한다.

저자는 기존의 공부법에 대한 대안으로써 암송과 구술, 독서와 글쓰기를 꼽는다. '앎의 코뮌'이라는 신조어를 만들어, 이 모든 공부는 홀로 하는 것이 아니라 공동체로 모여 함께하는 것이 중요하다고 강조한다. 우리 가족이 한번 '앎의 코뮌'을 만들어보면 어떨까? 좋은 책을 두고 온 가족이 암송과 구술, 독서와 글쓰기를 함께하며, 서로가 서로에게 가르치고 배우는 열린 시스템을 갖춘 학습 공동체를 만드는 것 말이다. 이것은 책상 앞에 앉아 홀로 수학 문제를 푸는 것에 비할 수 없는 훌륭한 대안이 될 것이다.

그렇다면 무슨 책을 함께 나눠볼까? 시공간을 훌쩍 뛰어넘어 까마득한 과거로부터 아직 오지 않은 미래까지의 궤적을 조망할 수 있도록 도와주는 좋은 고전이라면 인간의 존재론적 질문을 탐구하는 데도, 동서고금의 지혜를 넘나드는 데도, 우리 가족의 교과서로도 더할 나위 없이 좋은 텍스트가 될 것이다. 문득 지난 3년 간 온 가족이 함께 책을 읽어 온 소중한 시간이 '새로운 공부법'으로 가는 길과 무관하지 않을 것이란 생각이 들어 가슴이 벅차올랐다.

배움을 사랑한 사나이에게서 배우다

초등학교 고학년이 된 큰아이를 학원에 보낼지 말지, 책을 계속 읽어줄지 말지를 두고, 몇 날 며칠을 고민하는 나에게 남편이 말을 걸어왔다.

"자, 우리 가족 모두 공자 말씀 한번 들어볼래?"

공자나 맹자가 살던 시대에 좋은 부모란 자식에게 훌륭한 스승을 찾아주는 존재였다고 한다. 고미숙의 표현을 빌리면 작금의 시대는 바로 멘토의 붕괴를 일컫는 멘붕의 시대, 훌륭한 스승을 찾는 일은 새로운 공부법을 찾는 것만큼 어려운 일이 되었다. 하지만 우리에겐 훌륭한 스승이 남긴 훌륭한 텍스트, 고전이 있다. 우리는 고전을 통해 역으로 훌륭한 스승을 시공간을 초월해 만날 수 있다. 남편은 최현의 《공자의 생애》를 펼치며 우리에게 이야기를 시작했다.

공자의 생애

최현 글 | 범우사

"아빠는 마흔 전후로 몇 가지 큰 위기를 맞았어. 먼저 회사에서 파업을 겪었고, 엄마는 직장을 그만둘 만큼 병을 얻었어. 그리고 할아버지 할머니 손에 자란 너희가 가족 그림을 그리면 엄마와 아빠가 없었지. 그동안 아빠가 추구했던 인생의 방향이 크게 잘못된 게 분명했어. 어디서부터 무엇을 어떻게 바꾸어 나가야 할지 막막했지. 그러던 어느 날, 우연히 헌책방에서 《공자의 생애》라는 문고판 책을 발견했어. 이 책을 읽고는 공자께 반해버렸단다. 그러고선 공자에 대한 책을 몇 권 더 읽었어. 아빠는 공자가 진심으로 존경스러워서 그 같은 인생을 살고 싶다는 생각도 하게 되었어.

지독하게 가난해서 놀림받던 어린 시절 공자는 입신양명을 위해 열심히 공부했대. 제법 이름도 날리게 되고 제자들도 생겼지. 그러나 공자도 큰 어려움을 겪고 고국을 떠나 2년 동안 망명 생활을 하셨어. 어려운 시절을 거치면서 입신양명보다 더 소중한 가치를 깨달으셨던 것 같아. 서른일곱 나이에 고국으로 돌아와 14년 동안 제자를 양성하는 데 몰두하셨어. 큰 어려움을 겪은 후 인생의 방향을 새롭게 정하셨다고 여겨지는 대목이야.

아빠는 공자의 이런 모습에 아빠 모습을 비추어 바라보았어. 어려운 시기가 아빠에게 오는 이유는 결국 아빠 스스로 인생의 방향을 새롭게 잡아야 한다는 의미로 느껴졌어. 아빠가 새롭게 설정한 인생의 방향은 바로 '배움'이야. 지금껏 배우고 익히는 목적이 남들에게 자신을 돋보이게 하려는 데 있었다면, 공자를 만나고부터 아빠가 배우고 익히는 목적은 '기쁘고 즐겁게 살기 위해서'로 바뀌었어. 공자께 배운 거야."

남편은 《논어》를 펼치며 계속 이야기했다.

"공자가 얼마나 배움을 좋아하셨는지는 《논어》를 보면 잘 알 수 있어. 《논어》의 〈공야 편〉에서 제자들에게 "나만큼 배우기를 좋아하는 사람은 없을 것이다."라고 말씀하셨대. 공자처럼 되고 싶어 하는 제자들에게 우선 배우기부터 좋아하라고 강조하셨지. 《논어》의 〈학이 편〉에 나오는 "배우고 때때로 익히면 또한 기쁘지 아니한가?"라는 말씀

논어

공자 글 | 김형찬 옮김 | 홍익출판사

은 많이 들어봤지? 공자 말씀을 모아놓은 《논어》를 펼치면 처음 나오는 구절이야. 공자는 제자들에게 '배움'을 강조하셨고, 배움의 목적이 '기쁨'이라고 강조하셨어. 비슷한 이야기가 또 있어. 《논어》의 〈옹야 편〉에 나오는 "아는 것은 좋아하는 것만 못하고, 좋아하는 것은 즐기는 것만 못하다."라고도, 《논어》의 〈이인 편〉에서는 "아침에 도를 들으면 저녁에 죽어도 좋다."라고도 말씀하셨어. 어때? 《논어》의 명문장들은 하나같이 "배움은 기쁜 것이고, 좋은 것이고, 즐거운 것"이라고 말하고 있어."

진정한 배움이 취업이나 학업 경쟁에서 승리하는 것을 두고 하는 말은 아닐 거라 확신했지만, 교육과 자본주의가 공고하게 맞물려 살아남기 위해 공부해야 하는 지금의 현실에서 과연 진정한 배움이란 존재하기는 하는 걸까 의구심이 들곤 했다. 진정한 배움이 기쁘고 좋고 즐거운 것이라니! 한참을 헤맨 후에야 길을 찾은 듯 복잡하던 머릿속이 말끔하게 정리되었다. 아이들도 나름의 깨달음이 있었는지 눈을 크게 뜨고 남편의 이야기에 귀를 기울였다.

마흔의 위기를 '배움은 곧 기쁨'이라는 공자의 가르침을 실천하며 극복해 예전보다 훨씬 더 행복한 삶을 살게 되었다는 남편의 이야기는 나에게도 짙은 여운을 남겼다. 서양에서 학교를 말하는 '스쿨'이라는 단어의 어원이 '여가'라는 라틴어에서 유래했듯, 배움은 곧 기쁜 것, 학교는 곧 즐거운 곳이어야 한다. 즐겁지 않은 배움은 기쁨이 될 수 없기에 즐거움을 잃은 배움을 진정한 배움이라 할 수 없다. '학교식 공부'가 짜놓은 장막 너머 새로운 지도 그리기에 나선 부모라면, 부모가 먼저 배움에 대한 열망을 가져야 한다. 그렇게 기쁘고 즐거운 환경을 만들어 자녀들도 배우는 것이 좋은 일임을 체득할 수 있도록 도와야 할 것이다.

아빠의 편지

글자를 배우기 시작하는 수린이에게

수린아, 네가 벌써 글자를 알게 되었구나. 저 달을 달이라 쓰고 저 꽃을 꽃이라 읽는 법에 물들어가는구나.

수린아, 달을 달이라고 써놓고 저 하늘의 달을 기억할 수 있겠니? 꽃이라는 글자에서 향기를 맡을 수 있겠니? 달이라는 글자는 커지지도 작아지지도 않는단다. 글자는 글자일 뿐이지. 낮 동안 지치고 힘들었던 모든 이가 쉴 수 있도록 말없이 밤하늘을 다독이는 저 진짜 달을 이 '달'이라는 글자에서 떠올릴 수 있겠니? 토끼도 잠을 자야 하고 여우도 잠을 자야 하고 수린이도 잠을 자야 하는 밤에 조용히 도닥도닥 다독여주는 저 달을 떠올릴 수 있겠니? 저 달은 하늘에서 "얘들아, 모두 조용히 해! 지금은 자야 하는 시간이야!" 하고 알려줘야 하는데, 잠을 깨우면 안 되니까 빛으로만 다독여주는 거지. 아주 밝지도 그렇다고 어둡지도 않게 빛을 내면서 말이야. 그래야 토끼도, 여우도, 수린이도 잠을 잘 수 있거든. 그런데 저 달만 밤에 잠을 자지 못해서 어떻게 하나? 달은 잠을 자지 못하고 밤새 다독여주다 보니 너무 피곤하단다. 그래서 자꾸만 작아지는 거지. 그러다가 아주 작아져서 밤하늘에 보이지 않게 된단다. 밤하늘에 달이 사라지니 토끼도, 여우도, 수린이도 무섭고 불안해서 잠을 잘 수가 없었지. 달은 다시 힘을 내기 시작했어. 다시 조금씩 조금씩 커지는 거지. 그래서 달은 커졌다 작아졌다 하는 거란다. 수린아, 이제 이 '달'이라는 글자를 보고 하늘의 달을 떠올릴 수 있겠니?

'꽃'이라는 글자를 잘 보렴. 꽃이 보이니? 엊그제 수린이가 배낭에 쏙 들어가 아빠 등에 업혀서 산에 갔지? 거기서 산도 보고 물도 마시고 나무도 보고 하늘도 보고 꽃도 보았지? 온통 초록빛깔 나뭇잎으로 뒤덮인 산에 빨갛고 또 분홍빛으로 하늘하늘 피어난 그 꽃들이 기억나니? 그 꽃을 이 꽃이라는 글자를 보며 떠올릴 수 있겠니? 수린이는 꽃 냄새도 맡아본 적이 있었지. 코를 꽃에 가까이 대고 숨을 천천히 들이쉬면 꽃향기가 들어와 수린이 가슴에 가득 담기지. 정말 황홀한 향기야. 꽃들은 대부분 봄에 핀단다. 여름이 되고 가을이 되고 겨울이 되면 하나둘씩 떨어져 씨앗이 되고 열매로 변하는 거지. 그때는 꽃을 볼 수 없단다. 그래서 꽃을 보고 싶을 때 산이나 들에 가지 않고도 꽃을 떠올리려고 이렇게 꽃이라는 글자로 써놓는 거지.

수린이가 이렇게 달이라는 글자와 꽃이라는 글자를 알았구나! 수린이가 글자를 배워 읽을 수 있고 쓸 수도 있으면, 나중에는 책을 볼 수 있단다. 수린이가 책을 보게 되면 바다를 헤엄치는 고래가 되어 먼 나라 섬으로 여행을 갈 수도 있고, 비행기와 로켓을 타고 하늘을 날 수도 있고 또 달에도 갈 수 있지. 그래! 수린이가 제일 좋아하는 코끼리를 만나서 코끼리랑 친구가 되어 놀 수도 있지. 수린이가 글자를 읽고 책을 읽는 동안 토끼도 조용히 기다리고, 여우도, 코끼리도 모두 모두 조용히 기다린단다. 그래야 수린이가 글자를 통해 만나러 올 수 있거든. 조용히 하지 않으면 글자를 읽지 못해서 토끼도, 여우도, 달도, 꽃도 만날 수 없지. 수린이가 조용히 글자를 읽으면 토끼도, 여우도, 달도, 별도 모두 모두 수린이를 만날 수 있단다. 그래서 글자 속에서 토끼랑 여우랑 달이랑 꽃을 만나면 크게 웃으면서 손뼉을 치고 춤을 추면서 반갑다고 노래를 부르는 거지. 맞아! 저번에 산에 갔을 때 수린이가 노래를 부른 것처럼 말이지.

아, 행복해요. 글자로 친구들을 만나서 수린이는 너무 행복해요. 그런 수린이를 보고 있으니 아빠도 너무 행복해요!

함께 읽으면 좋은 책

어린이

《피튜니아, 공부를 시작하다》 로저 뒤바젱 글·그림 | 서애경 옮김 | 시공주니어

《아름다운 책》 클로드 부종 글·그림 | 최윤정 옮김 | 비룡소

《모리스 레스모어의 환상적인 날아다니는 책》 윌리엄 조이스 글 | 조 블룸 그림 | 이진경 옮김 | 상상의힘

《책 먹는 여우》 프란치스카 비어만 글·그림 | 김경연 옮김 | 주니어김영사

청소년

《처음 가진 열쇠》 황선미 글 | 신민재 그림 | 웅진주니어

《찰리와 초콜릿 공장》 로알드 달 글 | 지혜연 옮김 | 시공주니어

《조커 학교 가기 싫을 때 쓰는 카드》 수지 모건스턴 글 | 김예령 옮김 | 문학과지성사

성인

《위대한 유산》 찰스 디킨스 글 | 이인규 옮김 | 민음사

《그리스인 조르바》 니코스 카잔차키스 글 | 이윤기 옮김 | 열린책들

《나르치스와 골드문트》 헤르만 헤세 글 | 임홍배 옮김 | 민음사

《이것은 왜 청춘이 아니란 말인가》 엄기호 글 | 푸른숲

《교사도 학교가 두렵다》 엄기호 글 | 따비

《학문의 즐거움》 히로나카 헤이스케 글 | 방승양 옮김 | 김영사

《왜 책을 읽는가》 샤를 단치 글 | 임명주 옮김 | 이루

《천천히 깊게 읽는 즐거움》 이토 우지다카 글 | 이수경 옮김 | 21세기북스

《예술 수업》 오종우 글 | 어크로스

《담론》 신영복 글 | 돌베개

《공자 인생 강의》 바오펑산 글 | 하병준 옮김 | 시공사

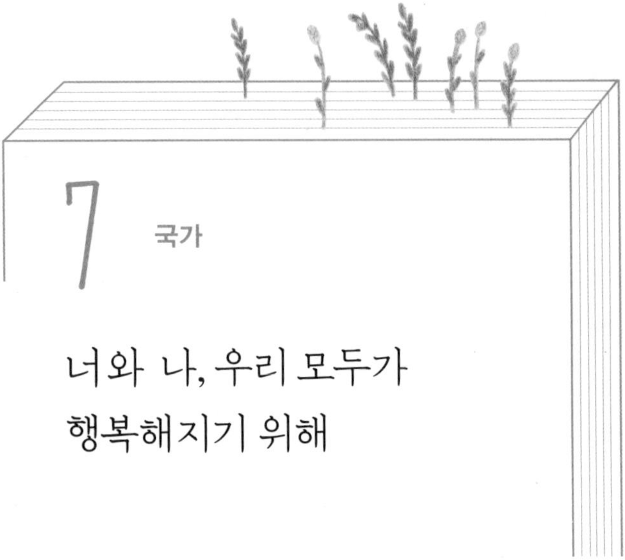

7 국가

너와 나, 우리 모두가 행복해지기 위해

"노란 리본을 몇 개 사고 싶습니다."

광화문 광장 한복판 세월호 유가족의 천막을 지나가다 용기를 내어 천막 문을 두드렸다.

"노란 리본은 파는 게 아닙니다. 몇 개나 필요하신가요? 필요하신 만큼 드리겠습니다."

한 어르신이 웃으며 노란 리본을 한 움큼 집어주셨다. 집으로 돌아와 아내와 두 아이에게 우리도 가방에 노란 리본을 하나씩 달고 다니자고 했다.

"노란 리본을 왜 달고 다녀요?"

아이들이 눈을 동그랗게 뜨고 물었다.

"얘들아, '세월호 사건' 기억하지? 이 노란 리본엔 아직 찾지 못한 언니, 오빠 들이 하루 빨리 돌아오길 바라는 마음이 담겨 있어. 그리고 언니, 오빠 들을 구하지 않은 국가를 향해 왜 구하지 않았냐고 묻는 의미도 있지."

두 아이는 고개를 끄덕이고선 노란 리본을 달아달라며 가방을 내밀었다.

'너'를 희생하여 '우리'가 행복해질 수는 없어!

중동호흡기증후군(메르스) 때문에 방송이며 신문이며 언론 매체가 연일 시끌시끌하다. 등굣길 학교 앞에서도 평소와 다른 광경이 펼쳐졌다. 마스크를 쓴 교사가 체온계를 들고 등교하는 아이들의 체온을 재어 37.5도가 넘으면 곧바로 집으로 돌려보내고, 의심 환자로 분류되면 번호를 부여하며 격리 조치했다. 백신이 개발되지 않은 상황에서 전염병으로 격리자와 사망자가 생겨나고, 큰 혼란 속에 책임 회피, 괴담에 유언비어까지 난무했다.

"엄마, 나 열이 37.8도야."

큰아이는 아침에 일어나자마자 자기 체온을 쟀다. 아이의 얼굴엔 오늘 하루 학교에 안 가도 된다는 기쁨과 함께 혹시 메르스에 감염된 건 아닌지에 대한 불안감이 교차했다.

"요즘 병원 가는 건 위험하다니까 집에서 열이 내릴 때까지 기다려 보자."

큰아이는 학교도 못 가고 엄마 옆에서 미주알고주알 학교 이야기를 했다. 학생들도 선생님들도 마스크를 쓴 채 수업하는 상황이며, 아픈 친구 근처엔 아무도 가지 않는다는 이야기, 부모가 의료 종사자일 경우엔 그 친구에게 공공연하게 왕따성 발언을 서슴지 않는다는 이야기 등 아이들은 '나'의 안전에 해를 끼칠 만한 요인이 조금이라도 있으면 그것을 나름의 방식으로 차단했다. 아이들은 "메르스? 나만 아니면 돼."라고 생각하는 것 같았다.

기억 전달자
로이스 로리 글 | 장은수 옮김 | 비룡소

"기억 전달자가 사는 세상에선 이런 일이 없겠지?"

큰아이는 작년에 함께 읽은 《기억 전달자》가 떠오른 모양이다. 우리 가족은 세월호 사건 이후, 안전한 국가는 어떤 모습일지 고민하다가 로이스 로리의 《기억 전달자》를 함께 읽었다.

《기억 전달자》 속 세상은 '늘 같은 상태'를 유지하기 위해 모든 것이 차단되고 통제된다. 자연재해를 없애기 위해 기상 상태도 통제하고, 인종차별을 피하기 위해 색깔이라는 개념도 없앤다. 차이가 없기에 참혹한 전쟁도 가난도 없다. 혼란의 원인이 되는 감정과 자율성을 철저히 배제한다. 사회 구성원들은 아침마다 감정 통제를 위한 주사를 맞는다. 가족의 구성과 자녀의 출생도 통제 대상이다. 그리하여 모두에게 행복한 시스템을 구축한 세상이다.

이 사회의 모든 소년과 소녀는 열두 살이 되는 해에 직위 수여식을 치른다. 그 이후엔 각자 부여받은 역할에 적합한 교육만 받으면 된다. 그들의 부모도 모두 그렇게 부여받은 직업을 충실히 수행하며 살아간다. 그 이상은 배울 필요도, 알 필요도 없다. 주인공 조너스는 열두 살 직위 수여식에서 '기억 보유자'라는 직위를 받는다. 기억 보유자란 이 사회의 시작부터 현재까지의 모든 기억을 가지고 있는 단 한 사람이다. 조너스는 선대 기억 보유자로부터 모든 인류의 기억을 전달받는다. 이렇게 쌓인 기억을 바탕으로 국가를 운영하는 원로들에게 자문을 하는 역할을 한다.

조너스는 인류가 겪어온 모든 경험을 겪는 것과 마찬가지의 간접경험을 한다. 인류가 전쟁으로 고통받은 시대의 기억은 조너스에게 고통으로 기억되며, 오색 빛이 찬란한 아름다운 시대의 가족 간의 사랑은 조너스에게 행복으로 기억된다. 인류의 모든 기억을 전달받으며 고통과 행복을 오가던 조너스는 이 사회가 늘 같은 상태를 유지할 수 있는 비밀을 알게 된다. 여기에 무시무시한 개념인 '임무 해제'가 등장한다. 양육에 들이는 노력에 비해 사회적 역할을 제대로 해내기 어려운 장애아와 쓸모없어진 노인은 임무 해제의 대상이 된다. 임무 해제란 약물을 주입하여 강제로 생을 마감하게 하는 소설적 장치를 말한다. 모두의 행복을 위해 이 사회에선 모든 열등한 것은 제거의 대상이 되는 거다. 기억 보유자가 된 조너스는 여러 감정과 특히 사랑의 기억을 전달받으며 갈등한다. 그리하여 곧 임무 해제 대상이 될 어린 동생을 안고 탈출을 감행한다.

《기억 전달자》를 다시 읽으면서 많은 생각이 들었다. 인간이 더불어 살아간다는 것의 의미가 무엇인지, 모두가 행복한 사회를 이루기 위해 어떤 삶을 선택해야 하는지, 여러 질문이 마음을 흔들었다. 기억 보유자로서 국가를 운영하는 원로들에게 자문하는 명예로운 역할을 버리고 곧 죽임을 당할 어린 동생을 안고 탈출하는 조너스의 모습에서 마치 "'너'를 희생하여 '우리'가 행복해질 수는 없어!"라고 외치는 목소리가 들리는 듯했다. 조너스의 강렬한 외침은 우리 가족의 가슴에 뜨겁게 남았다.

사랑과 열망이 사라진 평온한 삶은 폭풍우가 두려워 출항하지 못한 배와 같다. 기억 전달자에 나오는 국가를 만든 사람들은 '개인' 없이 '국가'만 존재하는 사회가 정답이라고 생각했을 것이다. 모든 혼란과 혼돈으로 일어난 피해를 사전에 막기 위해 개인의 '감정'과 '자유'를 차단한 사회에선 모든 사회 구성원이 평화롭게 사는 것처럼 보이지만, 이들의 삶은 희로애락의 감정이 소거된 기계 같은 삶일 뿐이다.

이런 국가에서는 대한민국을 뒤흔들었던 세월호 사건이나 메르스 전염은 없을 것이다. 설령 세월호 사건이나 메르스 같은 전염병이 발생하더라도, 그걸 알리지 않고 아무도 모르게 관련자들을 '임무 해제'시켜 사건 자체와 관련자들의 존재를 지워버린다는 의미로써 '없다'는 말이다.

《기억 전달자》는 혼돈을 막기 위해 통제를 극대화한 결과가 얼마나 비인간적인 사회를 초래할 수 있는가를 보여주고 있다. 행복은 힘들어도 결국 '혼돈' 속에서 찾아가야 한다.

철학을 공부해야 하는 이유

사람들은 누구나 나 자신인 '자기自己'와 자기를 둘러싼 '사회社會' 사이에 존재한다. 그러니까 '나'는 '자기'와 '사회' 사이에 끼인 존재다. '자기'와 '사회' 사이에서 끊임없이 오가며 '나'의 삶은 혼돈 속을 헤맨다. 일련의 혼돈을 벗어나기 위해 때론 '자기'만 챙겨보기도 하고, 때론 '사회'에 치중해보기도 한다. 어느 한쪽으로 치우치면 일시적으로 혼돈이 사라진 것처럼 느껴지지만 그것으로 삶이 행복해진다고는 말할 수 없다. 행복해지기 위해서 '자기'와 '사회' 사이에 발생하는 일련의 혼돈을 잘 다스려야 한다. '자기'의 가치를 찾아가면서 동시에 '사회'에 기여하는 삶을 살아가야 한다. 그것이 진정으로 행복한 삶에 이르는 길이다.

스무 살 무렵, 경주의 석굴암이나 성덕대왕신종 앞에 서서 가슴 깊은 곳에서부터 올라오는 감동을 느낀 적이 있다. 고대 신라 사람들의 간절한 염원이 그 시대 최고의 장인들의 손을 거쳐 현대를 살아가는 나에게 전해왔기 때문이다. 시대를 반영하는 예술가들의 작품들 중, 그 시대 인간의 삶을 '자기'와 '사회'는 물론 그 사이의 '혼돈'까지 총체적으로 표현한 작품을 우리는 걸작이라 평가한다. 이러한 훌륭한 작품들은 시대를 뛰어넘는 감동을 선사한다.

석굴암과 성덕대왕신종을 만든 신라의 예술가들을 그 시대 최고의 장인이라 한다면, 플라톤과 아리스토텔레스와 같은 철학자들은 관념을 주무르는 철학의 장인이라 할 수 있다. 철학자 자신이 살아가는 특정 시대와 그 시대 이전부터 전해져 내려온 인류의 거대한 경험을 관념이라는 소재로 집약하여 한 땀 한 땀 이어 붙인 작품이 바로 철학책이다. 철학책도 예술 작품과 마찬가지로, 그 시대 인간의 관념을 '자기'와 '사회', 그 사이의 '혼돈'까지 총체적으로 반영한 것을 훌륭한 책으로 꼽는다. 이러한 훌륭한 철학책은 특정 시대의 인간 삶을 보여주면서도 동시에 시대를 초월하는 지혜를 전달한다.

현대를 살아가는 우리에게 혼돈 속 중심을 세울 만한 지혜를 안겨줄 철학책으로 단연 플라톤의 《국가》를 꼽을 수 있다. 플라톤은 《국가》에서 동굴의 비유를 들어 "철학이란 무엇인가?"를 설명한다. 빛을 향해 트인 입구가 하나뿐인 지하 동굴에 사람들이 입구를 등지고 갇혀 있다. 이 사람들은 어릴 적부터 사지와 목이 묶여 있어 그 동굴을 떠날 수 없고, 머리를 돌릴 수도 없어서 앞만 바라보며 지낸다. 이 사람들은 등 뒤에 있는 불빛에 의하여 앞면 벽에 비치는 그림자들만 볼 수 있다. 결국 지하 동굴에 갇힌 사람들은 동굴 안쪽 벽에 비친 그림자를 실재라고 믿고 살아간다. 그러다가 이들 중 한 명이 풀려나 일어서서 목을 돌리고 걸어가 불빛을 볼 수 있게 되었다. 그는 처음에는 불빛에 눈이 부셔 고통스러웠지만 이내 익숙해져 차차 불빛 너머 자신이 여태껏 보아온 그림자들의 실물을 마주하게 된다. 그는 자신이 본 진짜 세계를 동굴 안에 남아 있는 사람들에게도 알려주려고 다시 어둠을 뚫고 동굴로 내려간다. 그는 남아 있는 사람들에게 동굴 안 쪽 벽의 그림자들은 허상일 뿐이며 동굴 밖에 진짜 세상이 있음을 알려준다. 그러나 동굴 안 사람들은 진실을 말하는 그를 비웃고, 동굴 바깥으로 나가는 일은 가치 없다며 핀잔을 주며, 심지어는 그를 죽이려고까지 한다.

Platon
Politeia

플라톤
천병희 / 국가

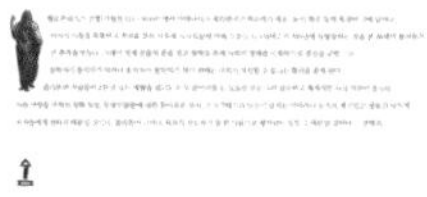

국가

플라톤 글 | 천병희 옮김 | 도서출판 숲

내가 지금 바라보고 있는 것이 허상인지 진실인지, 내가 살아가고 있는 이곳이 동굴 안인지 동굴 밖인지, 일련의 혼돈 속에서 중심을 잡기 위해서 철학적 지혜가 필요하다. 플라톤은 동굴 밖으로 나가 진실의 세계를 보고서 다시 동굴로 들어와 동료들에게 바깥으로 나가자고 이야기하는 사람이 바로 철학자라고 한다. 아름다운 것과 좋은 것을 본 사람, 즉 철학자는 단지 진리를 아는 데 그치지 않고 다른 사람에게 가르치는 방식으로 진리를 실천해나가야 한다고 말한다. 플라톤은 동굴의 비유를 통해 철학과 교육이 무엇인가를 동시에 설명하고 있다.

'정의', 너와 나 사이에서 중심을 잡아주는 저울

요즘 우리 교육은 '객관성'을 강조한다. 객관성을 띠기 위해서는 우선 개개인들의 주관을 제거하여 사실만을 걸러낸다. 걸러진 사실들을 타인에게 쉽게 전달하기 위해, 그 순서를 잘 나열하는 기술이 이 시대 '객관성'을 가르치는 방식이다. 주관이 배제된 채 사실들만을 잘 연결하여 설명할 수 있으면 객관성과 중립성을 가졌다고 높이 평가받는다.

모든 사람은 다르다는 전제가 없기 때문에, 주관이 사라진 객관성을 가르치는 이 시대의 교육은 잘못되었다. 사회는 주관적인 '나'와 주관적인 '너'가 모인 곳이다. 서로 다름을 존중한다면 객관이란 궁극적으로 이루어질 수 없다. 나의 주관을 보는 동시에 너의 주관을 볼 수 있도록 가르쳐야 한다.

서로 다른 주관을 가진 '나'와 '너'가 모여 '우리'가 되어 살아가는 이 사회에서 서로 간의 이해관계가 얽히고설키는 것은 당연하다. 여기서 관건은 결국 나와 너의 얽힘을 어떻게 해결해나가는가이다. 이 질문을 해결하기 위해 혼돈의 시대를 살았던 플라톤은 '정의'라는 개념을 들어 《국가》를 완성했다. 너의 의견과 나의 의견은 다르다. 또한 너의 상황과 나의 상황도 다르다. 이처럼 너와 내가 다름에서 발생하는 일련의 문제를 올바르게 해결하려는 가치관이 바로 '정의'다. 너와 나의 문제를 정의롭게 해결하기 위해 너와 나의 의견만 파악하는 것이 아니라, 너와 내가 처한 서로 다른 상황도 고려해야 한다. 너와 나, 우리가 행복해지기 위해 '남이 되어보는 연습'을 해야 한다.

《국가》의 부제 '정의에 대하여'는 국가는 정의로워야 한다는 플라톤의 사상을 단적으로 보여준다. 플라톤은 민주적 권리와 정신적 자유가 남용될 수 있는 당시 아테네 정치체제의 한계를 돌파하기 위해 스파르타를 모범 삼아 전능한 국가를 구상했고, 《국가》라는 책으로 그려놓았다. 플라톤이 당시의 문제를 해결하기 위해 《국가》를 쓴 것처럼, 지금 이 시대의 국가가 정의를 실천하고 있는가를 묻고 답하기 위해 우리는 플라톤의 《국가》를 읽어야 한다. 정의의 문제에 어떻게 접근할 것인가와 우리의 후세에게 어떻게 가르쳐야 하는가를 고민하는 사람에게 이 책은 분명 훌륭한 길잡이 역할을 할 것이다.

행복한 삶, '모름'에서 다시 시작하자

플라톤은 《국가》를 통해 '철인(철학자)'이 국가의 지도자가 되어야 한다고 역설했다. 플라톤의 제자 아리스토텔레스는 자신의 아들 니코마코스에게 '행복한 삶의 지혜'를 알려주기 위해 《니코마코스 윤리학》을 썼다. 서양철학의 근간을 이루는 이 두 철학자는 모두가 행복한 삶을 살아가기 위해 개인과 사회가 어떻게 영향을 주고받아야 하는지에 대해 고민했다.

행복은 추구한다고 해서 오지 않고, 좇는다고 해서 오지 않는다. 불행으로부터 자유로워질 때 비로소 찾아온다. 불행하다고 여기는 나의 시선으로부터 빠져나와야 비로소 행복의 철학은 시작된다. 매일매일 접하는 세상을 읽고 해석하는 내 안의 기준, 기존에 가지고 있는 가치관을 무너뜨리는 것에서 '철학하는 삶'은 시작된다. 철학하기 위해서 다른 눈이 필요하다. 불행으로부터 자유로워지기 위해서 행복의 기준을 가늠하는 새로운 눈이 필요하다. 세상을 해석하는 기존의 가치관을 바꾸어야 한다.

많은 철학자는 한결같이 '모름'에서 다시 시작하라고 말했다. 소크라테스는 "내가 모른다는 사실을 나는 알고 있다."라고 하여 아테네 최고의 현자로서 서양철학의 원조가 되었고, 불교에서 '나'라는 존재는 내 것이 아니며 궁극적으로 '나'라는 존재는 '알 수 없는 것'임을 받아들이는 데에서 수행이 시작된다고 가르치고 있다. 사유의 망치를 들고 바위 같은 전통적인 가치관을 가차 없이 깨부수었다고 해서 망치 철학자라 불리는 니체는 현대 철학의 선구자가 되었으며, 노자는 일체의 옳다 그르다, 좋다 안 좋다, 아름답다 추하다는 가치관마저도 버려야 도를 추구할 수 있다고 했다.

불현듯 찾아온 파업으로 직장, 가정, 사회적 지위 등 내가 가진 모든 것이 한순간 너무도 허무하게 사라져버릴 수 있음을 체험했다. 내가 가졌던 것에서 내 행복도, 불행도 결정된다는 것을 깨달았다. '모름'의 상태로 돌아가 다시 시작하는 마음으로 인문 고전과 철학책을 읽었다. 내 안에 나도 모르게 자리 잡고 있던 가치관들을 발견하고 버리고 또 새롭게 쌓아보다가 다시 허물어뜨리는 과정을 매일 반복했다. 애써 쌓아올린 내 가치관을 무너뜨리는 것이 힘들기도 했다.

그러나 내가 가진 가치관을 버리면 버릴수록 내 삶 속에 행복이 서서히 깃듦을 느꼈다. 출근길 처음으로 신호등 밑에 피어 있는 민들레꽃이 눈에 들어왔다. 그동안 스쳐 지나치기만 한 자연과 교감이 일어나기 시작했다. 잠시 사무실을 벗어나 바람을 쐬면서, 빽빽한 빌딩숲 많고 많은 빌딩 중 한 건물 표면에 반사되어 날 찾아온 햇살 한 자락에 경이를 느꼈다. 이런 것이 행복이구나 싶었다. 아침마다 강제로 맞아야 하는 감정 통제 주사를 거부한 조너스가 일상의 사소한 것들에서 행복을 느끼게 된 것처럼 말이다.

바로 여기서 다시 시작이다. 기존에 내가 가진 가치관으로는 불행으로부터 나를 자유롭게 만들지 못한다. 그러므로 나는 '모르겠다'고 선언한다. 내가 가진 가치관으로는 결코 세상을 투명하게 해석할 수 없다는 진리를 받아들이기 위해. 철학은 모름을 인정하는 데서 출발한다.

엄마의 편지

대한문 분향소를 방문한 두 아이에게

수민아, 수린아, 2013년 광복절을 기억하니? 우연히 들른 대한문 분향소에서 너희가 피켓 속 영정들을 곰곰이 바라보다가 "엄마, 누가 죽었어?" 하며 물었던 것 말이야. 영정 속 사람들의 숫자를 하나하나 세면서 스물네 명이나 되는 많은 사람이 왜 죽은 거냐고 물었지. 엄마는 그 질문에 대답은 못하고 피켓을 바라보기만 했어.

너희의 질문에 어떻게 대답해야 할까? 수민이는 아홉 살, 수린이는 다섯 살, 그때 수린이는 유모차에 탄 꼬맹이였지. 외할아버지의 파업과 아빠의 파업을 지켜보며 엄마도 가까이에서 파업 현장을 겪어보았기에, 쌍용차 희생자 스물네 분들이 마치 내 아버지, 내 남편인 듯, 한 가족처럼 느껴졌어. 그럼에도 불구하고 너희에게 그분들이 왜 돌아가셨는지 제대로 설명하지 못해 부끄럽기만 해.

옛날에 플라톤이라는 철학자는 존경하던 스승이 정치적인 이유로 억울하게 독약을 마시고 목숨을 잃는 사건을 목격하고 큰 충격에 빠졌어. 그래서 그는 올바름이란 무엇인지, 인간의 올바른 삶이란 어떤 것인지, 개개인이 모두 다 잘 살기 위해 국가는 어떤 역할을 해야 하는지를 고민하기 시작했대. 그리하여 완성한 책이 바로 《국가》야. 《국가》는 '정의'란 무엇인가를 밝히는 대화들로 이루어져 있어.

이 책에는 그가 존경해 마지않았던 스승 소크라테스가 화자로 등장해. 《국가》 속 소크라테스는 관습과 의무, 그리고 강자의 이익이 곧 올바름이라는 당시 '정의'의 기준을 '부정의'라 말하며 '정의'란 무엇인가를 설파하고 있어. 소크라테스는 '정의' 즉, 올바름이란 행복해지기를 바라는 사람이라면 누구든지 그 자체 때문에도 그 결과 때문에도 좋아해야 하는 가장 아름다운 것이라 말했단다. 플라톤은 모든 사람이 행복하게 살아가기 위해 국가가 올바르게 서야 한다고, 그리고 개개인의 정의로운 사람들이 모여 정의로운 국가를 이룬다고 말했지.

올바른 국가란 어떤 모습일지 궁금하지 않니? 엄마 아빠도 무척 궁금해. "올바른 국가에서는 대한문 분향소 피켓 속 영정 사진의 사람들처럼 억울해서 스스로 목숨을 끊는 사람들은 없겠지요?"라며 소크라테스 할아버지와 플라톤 할아버지께 한번 여쭤보고 싶구나.

지금 너희의 순수하고 편견 없는 그 시선 그대로 이웃에게 끊임없이 관심을 갖길 바랄게. 내가 행복할 때 혹시 나만 행복한 건 아닌지, 지금 불행한 이는 없는지, 더불어 행복할 수 있는 방법이 있는지 엄마, 아빠와 함께 고민해보자. 그리고 작은 것부터 실천해보자꾸나.

함께 읽으면 좋은 책

어린이

《야쿠바와 사자》 티에리 드되 글·그림 | 염미희 옮김 | 길벗어린이

《적》 다비드 칼리 글 | 세르주 블로크 그림 | 안수연 옮김 | 문학동네

《평화란 어떤걸까?》 하마다 게이코 글·그림 | 박종진 옮김 | 사계절

《내 목소리가 들리나요》 다시마 세이조 글·그림 | 황진희 옮김 | 사계절

《꽃할머니》 권윤덕 글·그림 | 사계절

《곰인형 오토》 토미 웅거러 글·그림 | 이현정 옮김 | 비룡소

《블룸카의 일기》 이보나 흐미엘레프스카 글·그림 | 이지원 옮김 | 사계절

청소년

《밀레니얼 칠드런》 장은선 글 | 비룡소

《태양의 아들》 로이스 로리 글 | 조영학 옮김 | 비룡소

《안네의 일기》 안네 프랑크 글 | 한상남 옮김 | 문학사상사

《걸리버 여행기》 조너선 스위프트 글 | 신현철 옮김 | 문학수첩

성인

《광장》 최인훈 글 | 문학과지성사

《멋진 신세계》 올더스 헉슬리 글 | 안정효 옮김 | 소담출판사

《전쟁과 평화》 레프 톨스토이 글 | 맹은빈 옮김 | 동서문화사

《의자놀이》 공지영 글 | 휴머니스트

《세계 철학사》 한스 요아힘 슈퇴리히 글 | 박민수 옮김 | 자음과모음

《소크라테스의 변명》 플라톤 글 | 강철웅 옮김 | 이제이북스

《붓다》 폴커 초츠 글 | 김경연 옮김 | 한길사

《니체》 이보 프렌첼 글 | 강대석 옮김 | 한길사

《묵자》 기세춘 글 | 바이북스

《니코마코스 윤리학》 아리스토텔레스 글 | 천병희 옮김 | 숲

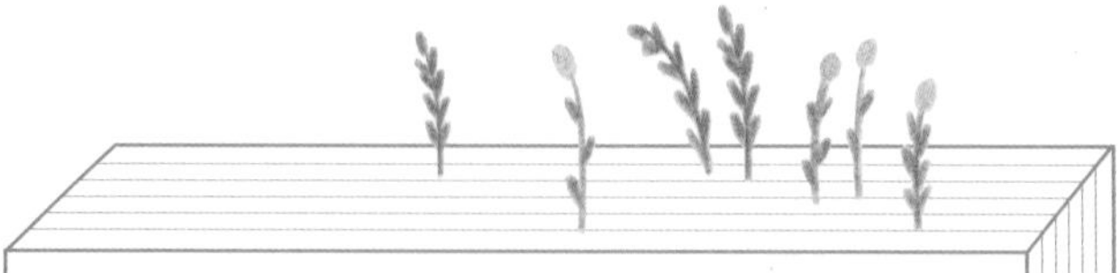

8 일

나는 무슨 일하며 살아야 할까

일을 막 그만두었을 때 나는 마치 다 산 것 같았다. 몸이 아파 서러운 게 아니라 일을 못해서 서러울 정도였다. 마치 내가 가진 것 중에 가장 중요한 것을 잃어버린 것 같았다. 〈오즈의 마법사〉에서 고향을 떠난 도로시가 고향으로 돌아가기 위해 모험에 나선 것처럼, 나도 또 다른 일을 찾아 모험을 나서야 한다는 생각이 머릿속을 떠나지 않았다.

사춘기 때에 자기 탐색을 해보지 않았고, 20~30대에 자신이 원하는 일을 하지 못한 우리 부부는 이제 40대 들어 재충전의 시기를 맞았다. 그리고 큰아이는 4학년이 되어 10대 사춘기의 문턱을 넘어서고 있다. 짚으로 만들어져 뇌가 없는 허수아비가 지혜를, 심장이 없는 양철 나무꾼이 사랑을, 겁쟁이 사자가 용기를 구하기 위해 평범한 소녀 도로시와 함께 모든 소원을 들어준다는 '오즈의 마법사'를 찾아 모험을 떠나듯, 우리 집 사람들도 그렇게 자기 탐색의 길로 들어서기로 했다. 우리가 좋아하고 우리에게 잘 맞는 일을 찾아서!

과학 영재반 사건

초등학교 3학년 2학기, 큰아이는 가정 통신문을 들고 와 내밀었다.

"엄마, 나 이거 신청하고 싶어."

그건 과학 영재반 신청서였다. 신청서 아래에 신청자는 수학 시험을 치러야 한다고 써 있었다.

"이거, 수학 시험을 봐야 한다는데? 너, 수학 못하잖아."

아무리 엄마라도 "너, OO 못하잖아."라고 말하는 것이 금물이라는 걸 잘 알고 있으면서도 매번 실수를 하고 만다.

"참 그렇지. 나 수학 못하지."

내가 내뱉은 말을 주워 담을 새도 없이 아이는 바로 과학 영재반 신청서를 재활용 쓰레기통에 쑤셔 넣었다. 나도 '그래, 시험 치고 떨어져서 상심하는 것보단 이게 나을 거야.' 하며 잊어버렸다. 그 일 이후, 나는 큰아이 담임 선생님과 상담을 하게 되었다.

"어머니, 신청서 왜 안 내셨어요?"

담임 선생님은 큰아이가 과학 영재반에 들어갈 것을 적극 추천하셨다. 학교에서 실시한 여러 가지 검사 결과로도, 선생님의 관찰로도 큰아이는 과학 분야가 적성에 맞을 것 같다고 말씀하셨다. 내가 우려했던 과학 영재반의 수학 시험에 대해 질문을 드렸더니, 선생님은 아이가 수학 교과 과정은 잘 따라가고 있으니 걱정하지 말라고 하시면서도, 과학 영재반에 들어가기를 원하는 학생들이 많은데 우수한 학생들 일부만 뽑다 보니, 과학 영재반 수학 시험은 교과 과정보다 어렵게 출제될 수밖에 없다고 하셨다.

엄마로서 담임 선생님의 조언을 듣고 가만 있을 수는 없는 법, 나는 내가 아는 인맥을 다 동원해서 과학 영재반의 수학 시험에 대해 알아보았다. 영재반을 목표로 하는 아이들은 보통 3년을 미리 공부해야 한다고, 그러니까 영재반을 준비하는 3학년 학생은 6학년 과정을 공부한다고 보면 된단다. 선행 학습이 전혀 되어 있지 않은 우리 아이가 과학 영재반에 들어가기 위해서 3년을 미리 배운 아이들과 경쟁해야 하는 상황이었다.

수민이가 진짜 과학 영재반에 적합한 아이일까? 내가 여태 지켜본 걸로는 날 닮아 문학과 외국어를 좋아하는 아이인데 정말 과학에 적성이 있는 걸까? 나는 확인하고 싶었다.

도구 상자를 쥐어주다

큰아이의 과학 영재반 사건으로 내 머리는 더욱 복잡해졌다. 나도 남편도 과학 영재와는 전혀 상관 없는 삶을 살아왔기에 아이를 어떻게 지원해야 할지 알 수 없었다. 아이의 적성과 진로에 대해 고민하기 시작하면서 우리는 스스로를 돌아보게 되었다. 나도 남편도 우리 부모님의 직업과는 상관없는 일을 하며 살아왔고, 부모 세대와 우리 세대는 자신을 들여다보는 시간을 갖지 못한 채 성장했다. 40대를 맞은 우리 부부는 지금이라도 '나'를 들여다봐야 한다는 것에 동의했다. 그리고 사춘기 초입에 들어선, 그야말로 자기 탐색의 최적기를 맞은 큰아이와 함께 온 가족이 '나'와 '나의 적성', '나의 진로'와 '나의 일'에 대해 깊이 생각해보기로 했다.

도대체 난 누구이며 무슨 일을 어떻게 해야 할까? 마흔을 갓 넘은 나는 사춘기 때 했어야 할 질문들을 마구 쏟아냈다. 눈앞에 있는 교과서만 파며, 내 앞에 놓인 일들만 처리하며 정신없이 살아왔지만 도대체 무얼 했는지. 직업병을 얻어 일찍 퇴직할 줄 알았더라면 10대 사춘기 시절 교과서 대신 나 자신을 들여다보는 데 충분한 시간을 들일 걸 하고 후회했다. 10대에 내가 좋아하는 일, 나와 잘 맞는 일을 찾아서 열심히 준비하고 성인이 되어 그걸 직업으로 삼았더라면 얼마나 좋았을까? 남이 시켜서, 아니면 어쩔 수 없이 해야만 하는 일이 아니라 너무 하고 싶어 미칠 것 같은 일이 과연 내게도 있을까?

한국심리자문연구소의 박병관 소장은 10대 청소년이라면 반드시 학습, 진로 검사를 받아보기를 권한다. 자녀가 초등학교 고학년이 되면 지역 청소년상담지원센터에서 하는 학습, 진로 검사를 받을 수 있도록 부모가 잘 챙겨야 한다고 강조했다. 아이들이 태어나 얼마만큼

자라는 동안 부모는 아이들이 건강하게 성장할 수 있도록 보살피는 일에 특히 신경 쓴다. 예방주사도 맞히고, 때에 맞춰 건강검진과 구강 검진도 빼먹지 않고 챙긴다. 어린 자녀의 건강에 주의를 기울이는 것처럼, 자녀가 사춘기가 되면 진로를 모색하기 위해 충분한 경험과 시간을 들일 수 있도록 부모가 관심을 기울여야 한다. 학교 공부하랴, 학원 다니랴 정신없는 아이들에게 무턱대고 공부를 시키는 것보다 중요한 건 아이들에게 천천히, 오래도록 공들여 성공하도록 가르치는 것이다.

이제 4학년이 된 큰아이를 위해 우리는 지역 청소년상담지원센터에서 성격, 학습, 진로 검사를 받도록 했다. 큰아이는 홀랜드 코드 R-I형, MMTIC^{tm}는 ISTP, 학습 종합 진단 검사로는 학습 흥미형, MI 적성 진로 진단 검사로는 공간 지능이 가장 높게 나왔다.

> 조용하고 과묵하며 절제된 호기심으로 인생을 관찰하고 분석한다. 때로는 예기치 않게 유머 감각을 나타내기도 한다. 대체로 인간관계에 관심이 없고, 기계가 어떻게, 왜 작동하는지에 흥미가 많다. 논리적인 원칙에 따라 사실을 조직화하기를 좋아한다. 일상생활에 있어 매우 적응력이 강하며, 과학 분야, 기계 계통, 엔지니어링 분야에 관심이 많다.
>
> 관심 분야에는 전문가적으로 파고들지만 관심이 없는 분야에는 일절 관여하지 않는다. 좋아하는 연예인이 있다면 그에 대해

깊이 알기 위해 온갖 자료를 구해서 정리하고, 그 연예인이 외국인이라면 대상 외국어까지 통달하려고 공부할 정도다.

마치 자석에 끌리듯 아주 어릴 적부터 도구를 들고 다닌다. 도구를 자유자재로 다루는 것에 관심이 많다. 대개의 경우 조종사는 다섯 살 무렵 자신이 조종사가 될 것이라는 것을 짐작한다고 한다. 이들은 운전, 조정하는 일, 운용하는 일 등 도구를 사용하는 직종을 골라야 한다. 어느 도구라도 믿기 어려울 정도로 정밀하게 작동할 줄 안다. 이들은 '도구 사용의 대가'라 불리기도 하며, 미켈란젤로, 레오나르도 다빈치는 이 유형의 구현이다. 도구 사용(tool-centered) 교과 과정을 알려준 후 이들이 배우는 속도를 관찰해본다면 깜짝 놀랄 것이다.

지역 청소년상담지원센터 진학/진로 상담사의 조언도 작년 담임 선생님의 조언과 일치했다. 나는 문득 헛헛한 마음이 들었다. 여태껏 큰아이와 나는 함께 외국어를 공부하고 시를 낭송하면서 같은 것을 좋아한다고 믿어왔다. 매일 밤 아이가 잠들기 전에 나는 세계문학전집 한 권을 꺼내서 한 시간이 넘도록 읽어주곤 했다. 그동안 내가 한 일들이 과연 누구를 위한 일이었는지 스스로 반문해보았다. 내가 좋아하는 방식으로만 아이들을 이끌어가고 있었던 거다!

"아이의 적성이 과학 분야인데 수학이 미진하다면 그 간격을 메울 수 있도록 도와주는 것이 부모의 역할입니다."

지역 청소년상담지원센터 진학/진로 상담사의 말이다. 그동안 내 아이를 몰라보고 엉뚱한 짓만 한 건 아닌지 혼란스럽기도 했지만, 내 입장에선 학교도 지자체 기관도 사교육을 부추기는 것만 같았다. 과학 영재반에 아이를 들여보내기 위해 어떻게 3년의 수학 선행 학습을 따라잡나? 시간이 지날수록 내 고민은 어떻게 따라잡을 것인가에서 다른 방법은 없나로 바뀌어갔다. 학교를 마치기 무섭게 학원을 도는 아이들, 학원에서 언니, 오빠들이 풀어야 마땅한 어려운 문제들을 끙끙대며 푸는 아이들, 그건 분명 잘못된 것이다.

고민 끝에, 한마디로 '백과사전형 장인'으로 개성을 요약할 수 있는 내 아이에게 왼손에는 백과사전을, 오른손에는 도구 상자를 쥐어주기로 했다. 평소엔 아이들 다칠세라 높은 곳이나 깊은 곳에 숨겨 놓은 공구들을 모조리 꺼냈다. 반짇고리 함과 가정용 구급함도 함께 꺼냈다. 그러고는 모두 큰아이에게 일임했다. 이 모든 것의 주인은 바로 '너'라고. 평소엔 손도 못 대게 하던 공구들의 출현과 엄마의 뜻밖의 통 큰 하사에 큰아이는 입이 찢어질 정도로 좋아했다.

아이의 관심사를 찾아

지금 와 생각하면 나는 아이들의 취향을 존중하는 엄마가 아니었다. 내 취향을 고집했다기보다 그저 막연히 아이들이 날 닮았으니 내가 좋아하는 걸 좋아하려니 했던 거다. 특히 큰아이는 내 취향대로 키웠다. 우리 집에는 나의 관심 대상이 아닌 과학과 수학 분야의 책들이

거의 없다. 언젠가 큰아이가 '수학' 과목이 제일 재미있다고, 답이 딱 떨어지는 것이 마음에 든다고 말했을 때도 난 그 이야기를 귓등으로 들었다.

큰아이는 자신의 관심사를 나눌 이가 집에 없어서 외로웠을지 모른다. 얼마 전부터 잠들기 전 책 읽어주는 시간에 큰아이가 별로 귀를 기울이지 않는다고 느꼈다. 마치 내 목소리가 자장가처럼 들리는 듯했다. 작은아이는 재밌게 듣고 있는데도 큰아이는 인물을 중심으로 사건을 따라 발단, 전개, 절정을 거쳐 결말로 이어지는 이야기에 별 흥미를 못 느끼고 있었다. 책 읽어주는 것도 아이들 어릴 때 잠깐이라는 말이 그래서 있는 건가 싶었다.

어떻게 하면 큰아이도 즐기는 '온 가족 함께 읽기'가 가능할까? 맞다, 큰아이의 관심사를 반영한 책이라면 좋아하지 않을까? 탐험을 좋아하는 큰아이에게 게리 폴슨의 《손도끼》를 소개해주었다. 《손도끼》는 한 사춘기 소년이 부모의 이혼으로 떨어져 살게 된 아버지를 만나기 위해 단발 비행기를 타고 가던 중 조종사가 갑자기 심장마비로 죽어 고립무원에 혼자 불시착해 손도끼 하나에 의지한 채 생존하는 54일간의 기록을 담은 이야기다.

작은아이는 관심이 없는 듯했지만 큰아이는 지대한 관심을 보이며 후다닥 읽더니 이어서 쥘 베른의 《15소년 표류기》를 혼자 읽기 시작했다. 《15소년 표류기》를 다 읽은 큰아이는 '모험 소설의 대가이자, 과학 소설의 아버지'라고 평가받는 쥘 베른의 문체에 푹 빠져들었다.

나는 이때다 싶어 쥘 베른의 대표작《해저 2만 리》를 꺼냈다. 책을 읽어주는 밤 시간, 큰아이는 오랜만에 읽기를 즐기는 듯했다.

손도끼

게리 폴슨 지음 | 김민석 옮김 | 사계절

해저 2만리

쥘 베른 글 | 에두아르 리우 그림 | 김주경 옮김 | 시공주니어

지금으로부터 150여 년 전, 세계 곳곳의 바다를 무대로 수수께끼의 바다 괴물이 나타난다는 소문이 퍼지기 시작한다.《해저 2만 리》의 화자인 프랑스의 해양학자 아로낙스 교수는 바다 괴물의 정체가 거대한 일각고래의 일종이라고 발표하며 토벌 작전에 참여한다. 그렇게 추격전을 벌이다 바다 괴물의 반격으로 아로낙스 교수 일행은 바다에 빠져 조난당한다. 그런데 교수 일행이 바다 괴물에 의해 구출되면서 바다 괴물이 일각고래가 아닌 당시로썬 상상도 할 수 없는 첨단 기술로 제작된 잠수함 노틸러스호라는 사실을 알게 된다.

아로낙스 교수 일행은 노틸러스호의 네모 선장을 만나게 되고, 노틸러스호 안에서 네모 선장 일행과 함께 생활하게 된다. 그리하여 태평양, 인도양, 지중해, 대서양, 남극과 북극의 바다 깊은 곳에서부터 사라진 대륙 아틀란티스, 모세가 건넜다는 홍해에 이르는 길고 긴 모험이 펼쳐진다. 바다 괴물의 정체를 밝히는 과정과 세상과 단절된 채 바다 속으로 은둔한 네모 선장의 비밀을 파헤치는 과정은 어른인 내가 읽어도 가슴이 두근두근거릴 정도로 흥미진진하다.

작가 쥘 베른의 여러 학문에 걸친 넓은 식견이 오롯이 묻은 그의 문체는 읽는 재미를 더욱 북돋워준다. 예를 들어 진주를 설명할 때, '시인에게는 바다의 눈물'이며, '동양인에게는 응고된 이슬', '귀부인에게는 반지나 목걸이, 귀고리를 만들 수 있는 보석', '화학자에게는 인산염과 석회탄산염과 약간의 젤라틴이 섞인 혼합물', '박물학자에겐 쌍각 조개류가 분비한 병적인 분비물'로 쥘 베른 특유의 백과사전적 묘사가 큰아이를 사로잡았다. 또한 바닷속 깊은 곳에서 전기를 만들어 쓰는 방법이나 공기를 저장하는 방법 등에 대한 설명은 과학적 호기심을 충족시키기에 충분했다.

내가 과학 관련 책을 읽는 것이 어렵듯, 큰아이에겐 문학을 읽는 것이 고역이었을 것이다. 부모의 취향만이 반영된 '온 가족 함께 읽기'의 커리큘럼을 온 가족의 취향을 반영하여 재구성하여야 했다. 쥘 베른의 문학작품들을 함께 읽으며 우리 모녀는 문학과 과학의 만남을 경험한 셈이었다. 온 가족이 함께 과학책을 읽기가 어렵다면 일단 빌려다 놓기만 하자고, 거실 탁자나 식탁 위에 올려두기만 하자고 다짐했다. 아이는 "웬 과학책?" 하며 관심을 보일 것이다. 바로 그때 아이에게 질문하는 것으로 함께 읽는 것을 대신하는 거다.

"엄마는 과학엔 문외한이라, 지렛대 원리가 무슨 말인지 모르겠어. 수민이가 설명 좀 해줄래?"

아이는 자신이 좋아하는 분야라 궁금하기도 하고, 아무것도 모르는 엄마한테 설명도 해야 하기 때문에 책을 읽기 시작했다. 아이가 설명을 준비하는 과정에서 모르는 용어나 이론 들이 나와도 엄마가 그걸 하나하나 설명할 필요는 없다. 그때 엄마의 할 일은 아이가 궁금해하는 키워드로 검색하여 관련 책들을 더 빌려오기만 하면 된다. 엄마가 잘 모르는 분야의 책을 읽는 것을 아이들은 은근히 즐긴다. 큰아이는 엄마에게 과학 지식을 설명하면서 성취감 또한 느끼고 있었다.

집안에 과학책을 빌려다 놓으면서 큰아이의 얼굴에는 생기가 돌기 시작했다. 내 아이가 혹시 책 읽는 것을 싫어하는 아이라면 혹시 엄마나 아빠의 취향만 고려하여 책을 선정한 것은 아닌지 고민해볼 필요가 있다. 평소 책을 싫어하는 아이라 하더라도, 자신이 좋아하는 분야의 책이라면 달라진다. 내 아이가 책 읽기를 즐기는 모습을 보고 싶다면 우선 아이의 관심사가 어디를 향하고 있는지를 파악하는 것이 좋다.

다시 가족으로

다섯 살 큰아이가 멜빵바지에 연장 가방을 메고 내 앞에 나타났다.

"웬 연장 가방이야?"

"난 커서 '만능 수리공'이 될 거야."

기억을 더듬어보면 아이는 항상 자신이 뭘 원하는지 나에게 넌지시 전달했던 것 같다. 하지만 난 나와 통하는 면만 크게 보았다. 내가 원하는 방식으로 아이를 바라볼 것이 아니라 아이의 있는 그대로의 모습을 보자고 다시 다짐했다. 이번엔 그림책도 아이의 눈으로 골라보았다. 권윤덕의 《일과 도구》라면 큰아이도 작은아이도 좋아하겠지.

일과 도구
권윤덕 글·그림 | 길벗어린이

"엄마, 나 오늘 이 책 빌려오려고 했는데. 우리 통했나 봐!"

엄마가 《일과 도구》를 빌려다 놓은 걸 보자 큰아이는 신이 났다. 권윤덕 작가는 일하는 사람들이 모두 존경받고 행복해지는 꿈을 꾸며 《일과 도구》를 그렸다고 했다. 이 책에는 7개의 작업장, 50여 개의 도구가 등장한다. 작가의 바람대로 도구를 손에 쥔 장인들은 모두가 하나같이 행복해 보인다. 큰아이는 작은아이에게 그림책 속 도구들의 이름이 무엇인지, 쓰임새는 어떠한지 설명해주었다. 두 아이가 무슨 일을 하든지 책 속 인물들처럼 행복한 모습이면 좋겠다.

고향을 찾아 나선 도로시 일행, 뇌가 없는 허수아비와 심장이 없는 양철 나무꾼, 그리고 겁쟁이 사자는 그들이 원하는 모든 소원을 다 들어줄 '오즈의 마법사'를 찾아 길을 떠나지만 그는 세상에 존재하지 않았다. 하지만 모험을 통해 평범한 도로시는 비범해지고, 뇌는 없지만 깊이 생각하는 허수아비는 지혜를 얻고, 심장은 없지만 생명을 소중히 여기는 양철 나무꾼은 사랑을 얻고, 겁쟁이지만 일행을 위해 힘껏 싸우는 사자는 용기를 얻게 된다. 그들이 원하는 것을 찾아 떠난 모험의 여정 속에서 결국 원하던 것들을 갖게 된다.

40대 우리 부부는 각자 '나'를 오롯이 녹여내어 할 수 있는 일을 하게 되기를 꿈꾼다. 기계를 사랑하는 큰아이는 기계를 다룰 줄 알기를 원하고, 아름다운 것을 사랑하는 작은아이는 그림을 잘 그리고 싶어 한다. 서로가 서로를 관찰하고, 객관적인 지표를 통해 알아본 결과를 가지고 대화를 나누고 대안을 모색해가는 과정에서 우리도 도로시 일행처럼 각자 원하는 일을 하게 될 거라 믿는다.

아빠의 편지

우리 가족, 호모 파베르가 되길 바라며

수민이가 엄마를 많이 닮았다고 늘 생각했는데 이번에 받은 여러 가지 검사 결과를 보고 아빠는 깜짝 놀랐단다. 우리 수민이에게 엄마, 아빠에게 없는 여러 가지 좋은 점이 많더구나. 이제 수민이를 엄마, 아빠의 딸로만 보지 않고, 독립된 인격체로 더욱 존중하기로 아빠는 마음먹었단다.

여러 공구가 들어 있는 공구함을 선물받고 활짝 웃던 수민이 얼굴이 떠오를 때면 아빠 마음도 덩달아 환해지곤 해. 아빠는 다 기억하고 있어. 수민이가 미니 탱크 로봇을 만들었던 날과 날개 치기 비행기를 만들어서 보여주었던 날을, 그리고 연날리기에서 처음으로 아빠를 이겼던 날을 말이야. 이젠 아빠보다 로봇도, 비행기도, 연도 더 잘 만드는 수민이가 아주 멋지다!

무엇이든 뚝딱뚝딱 만들어내길 좋아하는 우리 집 만들기 박사 수민이는 커서 무슨 일을 하게 될까? 만들기를 좋아하고 도구를 잘 다루는 수민이의 장점을 잘 살릴 수 있는 일이라면 더욱 좋겠지.

한나 아렌트라는 철학자는 《인간의 조건》에서 '인간의 조건'을 '노동', '작업', '행위'로 구분해서 설명했어. '노동'이 생계 수단으로의 일이라면, '작업'은 자신의 재능을 발휘하여 재미와 함께 명예를 누릴 수 있는 일이야. 마지막으로 '행위'는 공동체를 위한 봉사 활동이나 사회에 참여하는 활동으로서의 일을 말하지. 이 세 가지 인간의 조건을 고루 갖춘 일을 직업으로 삼으면 좋겠지.

또한 아렌트는 일하는 인간을 두 가지 이미지로 구분했어. 사유하지 않고 일만 하는 '일하는 동물'로서의 인간을 '아니말 라보란스(Animal laborans)'로, 판단력을 갖고서 사유하며 일하는 인간을 '호모 파베르(Homo faber)'라고 이름을 붙였지. 아니말 라보란스는 일을 '어떻게' 해낼 것인가에만 몰두하지만, 호모 파베르는 끊임없이 '왜?'라고 사유하며 자신의 일이 공동체에 어떤 영향을 미칠 것인가까지 고민하지.

불가능한 것이 가능해진 과학기술의 시대, 인간 노동의 가치는 추락하고 인간이 하던 작업은 기계의 몫이 되었고 공동체를 위하는 행위의 영역은 점차 줄어들고 있어. 이러한 시대에 인간이 인간의 조건을 회복하기 위해서는 '깊이 있는 철학적 사유'만이 해답이라고 아렌트는 강조했어. 아직은 어렵지?

앞으로 수민이가 어떤 것을 만들건, 무슨 일을 하게 되건, 마음

속에 한 가지만 새겨두길 바랄게. '어떻게?'와 동시에 '왜?'를 생각해볼 것! 도구를 잘 다루는 우리 수민이의 손이 사유하며 움직이는 장인의 손이 되길, 호모 파베르가 되길 응원할게.

함께 읽으면 좋은 책

어린이

《프레드릭》 레오 리오니 글·그림 | 최순희 옮김 | 시공주니어

《꿈꾸는 변신대왕》 이지선 글·그림 | 장영

《내 꿈은 엄청 커!》 밥 셰어 글 | 레인 스미스 그림 | 강미경 옮김 | 담푸스

청소년

《꼬마사업가 그레그》 앤드루 클레먼츠 글 | 브라이언 셀즈닉 그림 | 햇살과 나무꾼 옮김 | 비룡소

《오즈의 마법사》 라이먼 프랭크 바움 글 | 김석희 옮김 | 시공주니어

《15소년 표류기》 쥘 베른 글 | 김윤진 옮김 | 비룡소

《80일간의 세계 일주》 쥘 베른 글 | 김주경 옮김 | 시공주니어

《도구와 기계의 원리》 데이비드 맥컬레이 글 | 박영재 옮김 | 서울문화사

《프랑스 아이의 과학 공부》 장마르크 레비르블롱 글 | 문박엘리 옮김 | 휴머니스트

성인

《나는 무엇을 잘할 수 있는가》 구본형 변화경영연구소 글 | 고즈윈

《열정과 기질》 하워드 가드너 글 | 임재서 옮김 | 북스넛

《일의 발견》 조안 B. 시울라 글 | 안재진 옮김 | 다우

《장인》 리처드 세넷 글 | 김홍식 옮김 | 21세기북스

《인간의 조건》 한나 아렌트 글 | 이진우 옮김 | 한길사

9 시간

그 많던 시간은 다 어디로 갔을까

토요일 아침, 지난 일주일간 열심히 일한 남편은 일어날 기미가 전혀 보이지 않았다. 꿈쩍도 하지 않은 채 누워만 있었다. 수업과 과제, 시험으로부터 이제 자유롭지 않은 초등학생인 큰아이는 오후까지 이불 속에서 뒹굴뒹굴하며 시체놀이를 할 태세였다. 주 중에는 엄두도 못 냈던 게으름을 마음껏 피워볼 작정인 게다. 일요일 저녁이 되어서야 겨우 정신을 차린 이들 부녀는 서로 마주 보며 물었다.

"우리, 어떻게 된 거지?"

다음 날이면 또다시 학교와 직장으로 돌아가 시간을 보낼 아빠와 딸. 지금 이들 마음속엔 시간을 되돌리고 싶은 생각뿐일 것이다. 우리에겐 매일 하루 24시간이 주어지지만, 대체 왜 우리는 이리도 시간이 없는 걸까? 학교도 직장도 다니지 않았던 어린 시절, 그 많던 시간은 다 어디로 가버린 걸까?

어느 사과부터 먹을까?

내게 주어진 사과 상자. 상자 속 사과는 단 열 개. 하루에 딱 하나만 먹을 수 있다. 어느 사과부터 먹을까? 싱싱한 사과, 멍든 사과, 벌레 먹은 사과, 예쁜 사과 등 열 개는 모두 다르다.

"난 예쁜 거부터 먹을래." 작은아이가 대답했다.

"난 아무거나 먹을래. 벌레 먹거나 멍든 부분은 잘 손질해서 먹으면 되니까." 큰아이가 대답했다.

사과를 골라먹는 데도 두 아이의 개성은 고대로 묻어난다. 무엇이든 예쁜 걸 좋아하는 작은아이는 사과도 예쁜 순서대로 하나씩 먹을 거란다. 작은아이는 맛보다는 색깔이나 모양에 관심이 더 많다. 우리집 만능 수리공임을 자처하는 큰아이는 사과 하나라도 자기 방식대로 손질해서 먹을 거란다. 아마도 큰아이는 큰 칼, 작은 칼, 긴 칼, 짧은 칼 등 갖은 도구를 다 활용해서 때로는 검객처럼, 때로는 요리사처럼 매일매일 다르게 손질해 먹을 것 같다. 큰아이는 사과를 먹는 것보다 오히려 사과를 손질하는 기술에 더 관심이 많다.

이 간단한 질문에 머리가 복잡해진 건 나였다. 오늘 싱싱한 사과를 먹는다면 멍든 사과는 내일 상할 수도 있겠다. 오늘 멍든 사과를 먹었다고 해서 오늘 싱싱하던 사과가 내일도 싱싱하리란 보장이 없다. 어떻게 하면 매일 신선한 사과를 먹을 수 있을까? 사과가 100개, 1000개라면? 사과의 감가상각을 고려해서 일부는 생으로 먹고, 나머지는 잼으로 만들거나 술을 담가 두고두고 먹어야겠다고 생각했다. 나는 그렇게 현재와 미래를 오가며 머리를 쉴 새 없이 굴려댔다. 어쨌거나 나는 어느 것 하나 썩히지 않고 전부 먹을 수 있는 방법에 관심이 갔다.

남편은 색다른 제안을 해왔다. 바로, 가장 맛있어 보이는 사과부터 골라먹을 것! 모든 사과는 한꺼번에 주어졌고, 하루에 단 한 개만 먹을 수 있다. 전체 사과 열 개 중에 오늘 가장 맛있어 보이는 사과 한 개를 먹는다면, 남은 사과는 모두 아홉 개. 내일 아홉 개의 사과 중에 가장 맛있어 보이는 사과를 한 개 먹는다면 남은 사과는 모두 여덟 개. 모레 여덟 개 사과 중에 가장 맛있어 보이는 사과를 한 개 먹는다면 남은 사과는 모두 일곱 개……. 매일 가장 맛있어 보이는 사과를 골라먹는다면 마지막 날까지 가장 맛있어 보이는 사과를 먹는 셈이 된다. 반대로 가장 맛없어 보이는 사과부터 한 개씩 먹는다면, 결국 마지막 날까지 가장 맛없어 보이는 사과를 먹는 셈이 된다. 그러니까 남편의 주장은 가장 맛있어 보이는 사과부터 골라먹을 것! 그것이 처음부터 마지막까지 맛있는 사과를 먹는 방법이란다. 과연, 그럴까?

아끼면 아낄수록 부족해지는 것은?

누구나 태어남과 동시에 일생이라는 시간을 선물 받는다. 사과 상자를 우리의 삶에 비유한다면 사과는 곧 시간이다. 사과 상자에서 남은 사과를 하나씩 꺼내 먹듯 인간의 삶은 유한하다. 누군가 당신에게 속삭인다. 사과를 먹지 말라고. 사과를 꼭 먹어야 한다면 최대한 아껴먹으라고.

모모

미하엘 엔데 글 | 한미희 옮김 | 비룡소

"시간을 아끼면 곱절의 시간을 벌 수 있다! 시간 절약, 나날이 윤택해지는 삶! 시간을 아끼면 미래가 보인다! 더욱 보람찬 인생을 사는 법, 시간을 아껴라!"

바로 미하엘 엔데의 《모모》 속 회색신사들의 속삭임이다. 회색신사들이란 흘러가는 시간 앞에서 공연히 서글픈 날, 여태 제대로 산 것 같지 않아 시간을 되돌리고 싶은 날, 우리 마음속에 생겨나는 존재다. 그들은 '똑 떨어지는 엉터리 계산'을 해대며 왜 아까운 시간들을 낭비하고 살았냐고 질책한다. 30분이 걸리는 일을 15분 만에 끝내라고, 가족과 함께 대화를 나누는 시간도 아깝다고, 노래를 하고, 책을 읽고, 친구를 만나는 데 귀중한 시간을 낭비하지 말라고 충고한다.

회색신사들의 말을 듣고 돈을 더 벌기 위해 혹은 더 좋은 성적을 얻기 위해, 무언가 더 이루기 위해 1분 1초를 아껴 쓴다면, 일시적으로 돈을 더 벌고 성적은 더 좋아지며, 무언가 더 이룬 듯 보일 수도 있다. 하지만 짧은 시간 안에 가능한 한 많은 일을 하는 것만이 중요해지니 자신의 일을 기쁜 마음으로 또는 애정으로 하는 것은 중요하지 않게 된다. 오히려 '나'다운 것은 방해만 될 뿐이다. 《모모》 속 친구들은 회색신사의 말을 듣고 1분 1초를 아끼게 되면서, 점차 차갑고 삭막한 사람들이 되어갔다. 시간을 아끼면 아낄수록 오히려 원래 갖고 있던 자신다운 것들이 점점 줄어들었다. 시간을 아끼는 사이, 가족 구성원 간의 사랑이나 친구 간의 우정 같이 삶에서 가장 소중한 가치를 잃어 갔다. 그리하여 《모모》 속 친구들의 삶은 점점 획일화되고 빈곤해지고 차가워지고 말았다.

무언가 이루고 싶고 중요한 인물이 되고 싶다는 꿈은 누구에게나 있다. 예쁜 사과부터 골라먹겠다는 작은아이는 '그림 잘 그리는 선생님'이 되고 싶어 한다. 아름다운 것에 끌리는 이 아이는 늘 바쁘다. 예쁜 옷을 골라 입어야 하고, 머리도 예쁘게 빗어야 한다. 방도 예쁘게 꾸며야 하고, 꽃씨도 심고, 화분에 물도 주어야 한다. '그림 잘 그리는 선생님'이 되려면 무엇보다 그림도 많이 그려야 하고 공부도 많이 해야 한다. 만능 수리공이자 오지 탐험가가 되고 싶은 큰아이는 늘 바쁘다. 어떤 환경에서도 살아남으려면 매일매일 체력 단련을 해두어야 한다. 무엇이든 뚝딱뚝딱 고치기 위해 여러 가지 도구의 쓰임새도 익혀야 한다. 위기 상황에 대비해 생존 기술과 응급 처치 기술도 알아야 한다. 수학과 과학 공부도 열심히 해야 한다.

나 하나로는 부족해
피터 레이놀즈 글·그림 | 조세현 옮김 | 비룡소

기다란 계획표가 산처럼 쌓여 있는 표지가 인상적인 피터 레이놀즈의 그림책《나 하나로는 부족해》의 레오는 마치 회색신사들에게 들들 볶인 모모의 친구들처럼 항상 시간이 부족하고 할 일은 넘친다. 레오가 자신이 두 명이면 좋겠다고 생각하는 순간, 또 한 명의 레오가 나타난다. 레오가 둘이 되어도 할 일을 다 하기엔 역부족! 레오는 한 명, 한 명 더 늘어나 급기야 열 명이 된다. 열 명의 레오는 주어진 시간 내에 할 일을 마칠까? 아니, 절대 그렇지 않다. 한 명의 레오에게 부족한 시간은 열 명의 레오에게도 역시 부족한 법이다.

지금 이 순간에도 우리는 다른 사람보다 뛰어난 사람이 되기 위해 꽉 짜인 시간표에 따라 바쁘게 일하거나 공부하고 있을지도 모르겠다. 해야 할 일을 보면 마치 끝이 보이지 않는 길처럼 조금도 줄어들지 않을 것만 같다. 쌓여 있는 일을 보면 볼수록 더욱 긴장되고 마음도 불안해진다. 그 상태가 지속되면 숨이 탁탁 막혀 더 이상 뭘 할 수 없는 상태가 된다. 이럴 때 회색신사가 나타나 속삭일 것이다. 1분 1초를 아끼면 다 할 수 있을 거라고. 물론 일도 공부도 열심히 해야 하겠지만, "쉴 시간은 없어" "꿈꾸는 건 계획에 없어."라고 말하는 삶은 너무 삭막하다. 순간순간 과정을 즐기며 목표에 이르는 길은 없을까?

모모는 서두르지 말라고 이야기한다. 꼭 반 시간 앞을 내다볼 줄 아는 신기한 거북 카시오페이아처럼 나에게 단 반 시간만 있다고 생각해보자. 그리고 그 순간 내가 할 수 있는 만큼만 해보자. 끝도 없는 길을 청소해야 했던 모모의 친구 베포 아저씨의 말처럼, 한꺼번에 전체를 생각해서는 안 된다. 바로 지금 딛게 될 걸음, 다음 순간에 쉬게 될 호흡, 다음 순간에 할 일만 생각해야 한다. 그렇게 계속해서 반 시간씩만 이어서 바로 다음 일만 해보는 거다. 그러면 숨이 차지도 않고 지치지도 않을 거다. 일이 즐거워질 거다. 일이 즐거워지면 일을 잘 해낼 수 있다. 그렇게 한 걸음 한 걸음 나아가다 보면 어느 새 목표에 가까이 와 있다는 것을 깨닫지 않을까.

텅 빈 충만의 의미

그리스 신화에 나오는 이야기다. 하루는 '불안의 신'이 사람을 하나

만들어보고 싶어 한다. 그래서 '땅의 신'을 찾아간다. 불안의 신은 땅의 신에게 자신이 사람을 만들고 싶으니 좋은 흙을 달라고 부탁한다. 땅의 신은 쾌히 승낙한다. 불안의 신은 흙을 가지고 사람을 만들지만 생명이 없으니 마치 조각품 같아 재미가 없다. 그래서 불안의 신은 다시 '영혼의 신'을 찾아간다. "내가 사람을 만들기는 했으나 혼이 없으니 마치 조각품과 같은데 이 사람에게 영혼을 좀 불어넣어 주시지요?" 영혼의 신은 쾌히 승낙을 하고 영혼을 불어넣는다. 그러자 사람은 말도 하고, 움직이기도 하고, 생각도 하는 존재가 된다. 이제 이들 세 신은 그 사람을 각자 자신의 것이라고 주장하기 시작한다. 서로가 자신의 것이라고 우기다 보니 싸움이 그치질 않는다. 할 수 없이 세 신은 제우스에게 가서 판단을 받아보자는 데 합의한다. 제우스는 다음과 같이 판결한다.

"'땅의 신'은 사람이 죽은 다음에 그 몸을 찾아가라. '영혼의 신'은 사람이 죽는 순간 그 영혼을 찾아가라. 그리고 '불안의 신'은 사람이 살아 있는 동안 함께 살도록 하라."

인간은 평생 불안과 함께 산다. 알랭 드 보통은 《불안》에서 '인생은 하나의 불안을 다른 불안으로 대체하고 하나의 욕망을 다른 욕망으로 대체하는 과정'이라고 말했다. 사람들은 시간이 지남에 따라 더 많은 연봉, 더 높은 지위, 더 큰 차를 때맞추어 소유해야 루저가 되지 않는다고 여긴다. 그러나 끝없는 '채움' 속에서 우리의 영혼은 늘 메마르고 지쳐간다. 비록 가슴속에서 여전히 심장이 뛰기는 하지만 주어진 시간에 대체 무엇을 해야 하는 지 알 수 없기에 불안하다. 불안하기에 남들 흉내 내기를 시도해보기도 한다. 남들이 입는 대로 입고, 남들이 먹는 대로 먹어본다. 남들이 사는 것처럼 살아보지만 더 채우지 못해 불안한 마음은 어찌할 수가 없다.

철학자들은 '실존'을 외친다. 불안에 떨며 모방을 되풀이하는 삶의 반복에 제동을 걸라고 말이다. 출생과 죽음 사이에 텅 비어 있는 인생의 시간을 타인의 삶을 모방하는 패턴으로 살아가는 현대인에게 외치는 일갈이다. '실존을 깨달아라!'라는 철학자들의 외침은 결국 '진짜배기' 삶을 살라는 말이다. 철학자 김용규는 "실존이란 단순히 호기심을 좇아 살거나 남들이 하는 대로 따라 사는 것이 아니라, 스스로 자신의 새로운 가능성을 기획하고 그것을 따라 사는 것"이라고 말했다.

내게 주어진 사과 상자, 하루에 단 하나만 먹을 수 있는 사과를 예쁜 사과부터 먹든, 여러 가지 방법으로 손질해서 먹든, 맛있어 보이는 사과부터 먹든, 자신의 사과를 가지고 무엇을 하느냐의 문제는 전적으로 스스로 결정해야 할 문제다. 중요한 것은 사과를 먹는 그 순간엔 사과에 흠뻑 젖어야 한다는 거다. 동글동글하고 빨간 그 모양에, 새콤달콤한 그 향기에, 아삭아삭한 식감에 빠져 '사과'를 맛봐야 한다.

사과 상자가 태어남과 동시에 주어지는 삶이고 사과가 시간이라면, '오늘 가장 맛있어 보이는 사과를 먹으라'는 남편의 제안은 일리가 있다. 또한 그 말은 '지금 이 순간, 가장 맛있게 사과를 먹으라'는 말과도 일맥상통한다. 오늘 나에게 주어진 시간은 어제는 존재하지 않았고 내일이면 사라질, 지금 이 순간만 존재하는 꽃과 같은 존재다. 이 순간이 지나면 사라지므로 잼이나 술로 가공해서 오래 두고 묵혀서 먹고 싶을 때 꺼내 먹을 수 없다. 내가 고른 사과를 가장 맛있게 먹는다는 것은 지금 이 순간 사과 속으로 푹 들어가는 거다. 지나간 과거에 매이지도 오지 않은 미래에 현재를 저당 잡히지도 않고, 그 순간에 충실해야 한다.

'마르크스'를 만나며 알게 된 시간의 의미

우리가 하고 싶은 것을 제대로 하면서 살지 못하는 이유는 무엇일까? 아마도 노동 시간이 넘치도록 많은 것에 비해, 여가 시간은 턱없이 부족하기 때문일 것이다. 도대체 왜 그렇게 되었을까? 시간 도둑들로부터 시간을 다시 찾아온 모모처럼 잃어버린 시간을 되찾아올 수 있는 방법이 있을까?

2008년 미국발 금융 위기로 전 세계에 공황의 징후가 짙게 드리우기 시작했다. 이에 사람들은 자본주의 체제의 근본 요소인 교환관계와 생산관계를 분석함으로써 공황이 발생하는 메커니즘을 밝혀낸 마르크스를 재조명하고 있다. 자본주의 원리를 과학적으로 분석한 그의 저서 《자본론》에서 자본주의를 극복할 대안을 찾는 시도가 이루어지고 있다. '마르크스 르네상스' 바람이랄까.

《마르크스의 자본, 판도라의 상자를 열다》는 20년이 넘게 마르크스의 《자본론》을 연구해온 강신준 교수가 청소년들도 이해할 수 있게 쉽게 풀이한 《자본론》 해설서다. 우리 부부는 이 책을 읽으며, 《모모》 속 시간도둑, 회색신사 들의 정체가 무엇인지 짐작할 수 있었다.

마르크스의 자본, 판도라의 상자를 열다
강신준 글 | 사계절

우리의 시간을 빼앗아가는 회색신사들은 바로 '존재하는 것만으로 자기 증식하는 자본' 그 자체다. 조미료 맛에 길들여져 조미료 없는 식단은 맛이 없고, 치킨 한 마리를 먹어도 늘씬 미녀들이 광고하는 바로 그 치킨을 먹어야 맛이 있듯, 자본이 사용하는 욕망이란 이름의 그물망에서 우리 부부는 자기 시간의 주인으로 살아가지 못했던 거다.

외국계 금융 회사에서 일하는 남편과 경영학 전공자인 나는 어쩌면 자본주의가 뼛속까지 익숙한 사람들이었을지도 모른다. 《모모》와 《마르크스의 자본, 판도라의 상자를 열다》를 함께 읽으며, 우리 부부는 기존에 우리가 가지고 있던 경제학적 지식들을 완전히 뒤집어엎는 경험을 했다.

《마르크스의 자본, 판도라의 상자를 열다》의 에필로그에서 강신준 교수는 두 가지 예를 들어 협력의 놀라운 힘을 설명한다. 첫 번째는 영세 상인과 대형 마트의 경우로, 이마트의 자본금이 1383억 원(2011년 6월 기준), 동네 가게와 같은 처지의 자영업자의 수는 560만 명(2010년 기준)으로 1인당 2만 5000원씩만 모아도 이마트와 똑같은 크기의 대형 유통 업체를 설립할 자본금을 만들 수 있다. 두 번째는 대량 해고 문제가 불거진 두 사업장의 경우로, 인도의 마힌드라가 쌍용자동차를 인수한 대금은 5225억 원, 한진중공업이 주식회사를 설립할 때 해당 회사의 주식에 대해 납입한 자본금은 2390억 원, 이들 두 사업장이 소속된 금속노조의 조합원은 약 17만 명으로 조합원 1인당 450만 원을 내면 이 두 회사를 아예 살 수 있는 금액이다. 외부를 향해 문제를 해결하라고 떠넘기는 방식 말고, 내부적으로 영세 상인이나 노동자 한 사람 한 사람이 힘을 모아 연대하면 회사를 통째로 살 힘을 발휘할 수 있다. 개인들 간의 경쟁을 멈추고 서로 협력할 때 새로운 가능성이 열릴 수 있다는 것, 이러한 대안은 파업과 구조 조정의 위기를 경험한 우리 부부에게 희망의 메시지로 다가왔다.

돈을 쓰는 방식으로 사회를 바꿀 수 있다고 한다. 그렇다면 돈을 쓰는 방식으로 개인의 삶을 바꿀 수도 있을 것이다. 그 말은 곧 내 시간을 쓰는 방식으로 나의 삶과 내가 속한 사회를 바꿀 수 있다는 말이다. 우리 부부는 이제 '자본의 신기루'를 좇는 데 시간을 허비하지 않을 것이다. 우리 가족은 더 이상 주식 투자나 부동산 투자로 얻은 수익이 우리의 미래를 보장할 거라 생각하지 않을 것이다. 내 시간을 들여 일한 대가로 얻은 돈을 쌓아두는 것, 그리하여 존재하므로 자기 증식하는 자본의 이자 생활자로 살아가는 것에 삶의 목표를 두진 않을 것이다. 평생 어떻게 우리의 시간을 잘 사용해 나갈 것인가를 고민할 것이다.

모모처럼 살아가기

시간을 내 마음대로 쓸 수 있다면 얼마나 좋을까? 내가 시간의 온전한 주인이라고 상상해본다. 일주일에 나흘만 일하고 사흘은 쉬거나 평소 하고 싶었던 공부를 한다. 일 년에 한 달 정도는 장기 휴가를 내어 여행을 다니며 창조를 위한 재충전의 시간을 가진다. 진짜로 내 시간을 마음대로 쓰는 거다. 상상만으로도 흐뭇한 미소가 절로 나온다.

실제로 이렇게 살아가는 젊은 부부가 있다. 일본 오카야마 역에서 전철로 두 시간이 넘게 걸리는 산속에 있는 빵집 '다루마리'를 운영하는 '이타루'와 '마리' 부부가 그 주인공이다. 그들은 실제로 일주일에 나흘만 빵집 문을 열고, 매년 한 달은 장기 휴가로 가게를 닫는다. 이 들 부부는 일본의 변두리 작은 마을에서 빵과 사람을 키우는 작은 혁명을 하고 있다. '다루마리'의 제빵사 와타나베 이타루는 자신의 제빵, 빵집 경영을 오롯이 녹여낸 실제 이야기를 《시골빵집에서 자본론을 굽다》라는 책에 담았다.

그들은 왜 시골빵집에서 《자본론》을 구웠을까? 서른 살 늦은 나이에 신입 사원이 되어 유기 농산물 도매 회사에 첫발을 들인 이타루는 원산지 위조와 뒷돈 챙기기 등 업계의 갖가지 문제점을 목격하면서 작아도 진짜인 일, 스스로 옳다고 여기는 일을 하겠다고 결심하며 2년 만에 직장을 그만둔다. 제대로 된 빵을 만들기로 작정한 그는 4년 반 동안 네 군데 빵집을 옮겨 다니며 수련하지만, 빵집 또한 저가의 식재료와 값싼 노동력의 착취로 자본가의 이윤을 늘리는 부조리한 경제구조를 그대로 안고 있었다. 그리하여 그는 빵집 개업을 결심한다.

시골빵집에서 자본론을 굽다
와타나베 이타루 지음 | 정문주 옮김 | 더숲

개점 직후, 미국발 리먼 쇼크로 불황의 직격탄을 맞고 악전고투하던 이타루에게 학자인 아버지가 마르크스의 《자본론》을 건넨다. 인생에서 처음으로 마르크스와 마주한 그는 자본의 논리가 지배하는 세상 바깥으로 탈출하기로 결심한다. 그리하여 자본주의의 대안적 삶을 담은 희한한 빵집 '다루마리'가 탄생한다.

자본주의의 문제가 '부패하지 않는 경제'에 있다고 본 이타루는 자본주의의 대안은 '부패하는 경제'에 있다고 생각했다. 자연계의 균형을 이루어주는 균의 활약에 주목한 그는 자본주의의 모순을 풀 열쇠가 바로 균에 있다고 보았다. 시골빵집을 내고 3년 만에, 그는 천신만고 끝에 자연 재배 작물과 천연균의 환상의 궁합으로 천연 누룩균 빵을 만들어내는 데 성공한다. 지역의 농산물에 이스트도, 첨가물도 섞지 않고 천연 효모를 발생시켜 정성껏 빵을 만든다. 팔면 팔수록 지역 경제가 활성화되고 지역의 자연과 환경이 생태계의 풍요로움과 다양성을 되찾을 수 있는 빵을 만든 거다. 그는 제대로 만든 빵에 정당한 가격을 붙여 원하는 사람들에게 판다. 희한한 빵집 '다루마리'는 빵을 팔아 이윤을 남기지도 않는다. 이타루는 "이윤을 내지 않겠다는 것은 그 누구도 착취하지 않겠다는 의미"로 "종업원, 생산자, 자연, 소비자 그 누구도 착취하지 않겠다는 의미"이며, "착취 없는 경영이야말로 돈이 새끼를 치지 않는 부패하는 경제를 만들 수 있다."라고 강조했다.

이타루와 마리 부부의 모습에서 시간을 되찾아온 우리의 친구 모모의 모습이 보인다. 우리 부부도 이들 부부처럼 살아가길 바라는 마음으로 행복한 상상을 해본다.

'철학과 문학을 사랑하고 교육에 관심이 많은 우리 부부. 남편의 전공과 직장인 경력, 나의 해외 체류 경험과 강사로서의 경력을 살려 우린 2인 1프로그램 체제를 기획했다. 남편과 내가 공동으로 기획하여 만든 프로그램 〈철학과 문학으로 삶의 길 찾기〉가 신입생을 모집한다. 이 프로그램은 공교육에서 길을 찾지 못한 청소년 대상 진로/진학 프로그램으로, 원한다면 학생 누구나 프로그램에 참여할 수 있다. 프로그램은 1년에 걸쳐 진행되며 학생에 따라 남편이 진행하는 개인 상담이나 집단 상담을 병행하기도 하고, 내 독서 치료를 병행하기도 한다. 우리 부부는 이 프로그램을 운영하며 1년에 한 권의 책을 출간한다. 매년 우리의 책이 나온 직후엔 전국 강의 여행에 나선다. 10년에 1년은 안식년으로 정해놓고 재충전하는 시기를 갖는다.'

기존의 시스템 바깥으로 나가기란 쉬운 일이 아니겠지만 우리가 시간의 주인이 될 날을 상상하며 오늘도 행복한 한 걸음을 내디뎌본다.

함께 읽으면 좋은 책

어린이

《돈이 열리는 나무》 사라 스튜어트 글 | 데이비드 스몰 그림 | 유시정 옮김 | 미세기

《작은 집 이야기》 버지니아 리 버튼 글·그림 | 홍연미 옮김 | 시공주니어

《세상에서 가장 큰 집》 레오 리오니 글·그림 | 이명희 옮김 | 마루벌

청소년

《보이지 않는 질서 시간》 실비 보시에 글 | 선선 옮김 | 푸른숲주니어

《한밤중 톰의 정원에서》 필리파 피어스 글 | 김석희 옮김 | 시공주니어

《지금은 없는 이야기》 최규석 글 | 사계절

《당나귀는 당나귀답게》 아지즈 네신 글 | 이난아 옮김 | 푸른숲주니어

성인

《세일즈맨의 죽음》 아서 밀러 글 | 강유나 옮김 | 민음사

《마담 보바리》 귀스타브 플로베르 글 | 김화영 옮김 | 민음사

《불안》 알랭 드 보통 글 | 정영목 옮김 | 은행나무

《피로사회》 한병철 글 | 김태환 옮김 | 문학과지성사

《나쁜 사마리아인들》 장하준 글 | 이순희 옮김 | 부키

《어제까지의 세계》 제레드 다이아몬드 글 | 강주헌 옮김 | 김영사

《엔데의 유언》 카와무라 아츠노리 외 지음 | 김경인 옮김 | 갈라파고스

《진보와 빈곤》 헨리 죠지 지음 | 김윤상 옮김 | 비봉출판사

《칼 마르크스 그의 생애와 시대》 이사야 벌린 지음 | 안규남 옮김 | 미다스북스

《필립 코틀러의 다른 자본주의》 필립 코틀러 지음 | 박준형 옮김 | 더난출판사

10 이상

내 삶의 주인공은 바로 나야

아침 식탁, 자신의 오른손과 한판 대결을 벌이고 있는 이 아이. 오른손으로 젓가락질을 연신 시도해보지만 반찬을 집을 수가 없다. 벌써 며칠째 실패만 거듭했다. 보다 못한 나는 반찬을 집어 아이의 입에 넣어주며 말했다.

"수린아, 편한 손으로 먹어."

유치원생이 된 이후로 작은아이는 '오른손잡이'가 되고 싶어 했다. 왼손으로 밥을 먹고 왼손으로 그림을 그려도 아무 문제 없던 집과는 달리, 유치원은 '오른손잡이'들의 세상이었다. 유치원에서 밥을 먹거나 그림을 그릴 때, 옆 짝꿍과 부딪혀 아이는 늘 불편하고 또 친구에게 미안한 모양이었다.

"네가 다른 손을 쓰는 건 그만큼 특별하다는 의미야."

다섯 살 수린이가 이 말을 이해할까? 수린이의 시선에서 보면 세상은 마치 좌우가 뒤바뀐 거울 나라 같을 것이다. 얼마나 혼란스러울까? 이 아이가 '오른손잡이'들의 세상에서 길을 잃지 않고 자신의 왼손을 한번 믿어보았으면 좋겠다.

창 너머 세상

암울하고 우울해서 아이들에게 읽어주기가 망설여지는 그림책이 있다. 바로 찰스 키핑의 《창 너머》다. 이 책, 표지부터 심상치 않다. 회색 얼굴에 검은 눈동자의 한 소년이 커튼 사이로 창밖의 짙고 푸른 도시를 바라보고 있다. 갇혀 지내는 아이 같다. 이걸 읽어줘도 될까?

창 너머
찰스 키핑 글·그림 | 박정선 옮김 | 시공주니어

"엄마 읽어줘. 이거 읽어줘."

그림에 관심이 많은 작은아이가 졸랐다. 한 장 한 장 읽어주며 아이 표정을 살핀다. 호기심 가득하던 아이 표정이 금세 어두워진다. 《괴물들이 사는 나라》의 모리스 센닥, 《바늘땀》의 데이비드 스몰 등 많은 작가가 자신의 어린 시절 기억을 작품으로 그려낸 것처럼 《창 너머》 역시 키핑이 자신의 어린 시절의 기억을 담아냈다고 한다. 어려서부터 유난히 병약한 아들을 걱정한 아버지는 키핑이 다칠까 봐 바깥에 나가지 못하게 했고, 그는 자신의 2층 방에서 창밖을 내다보며 이웃 사람들과 오가는 말들을 즐겨 그렸단다. 《창 너머》의 무섭게 질주하는 말들엔 그가 어린 시절 인상 깊게 본 시선이 그대로 담겨 있다.

"엄마, 얘는 왜 집 밖으로 나가지 않아?"

작은아이가 물었다.

밖으로 나가지 않는 제이콥에게는 창문을 통해 보는 거리의 모습이 세상의 전부다. 결혼식과 장례식이 열리는 교회, 양조장의 말들, 비쩍 말라 가죽만 남은 때 묻은 개와 함께 사는 할머니 '쭈그렁탱이', 거리를 깨끗이 청소해서 제이콥이 좋아하는 '위레트' 씨와 사람들에게 침을 뱉어서 제이콥이 싫어하는 '조지'. 양조장을 뛰쳐나온 말들은 거리를 질주하고, 개들은 싸운다. 이 책의 가장 마지막 장, 제이콥이 창문에 그린 그림엔 쭈그렁탱이 할머니가 죽은 개를 안고 서 있다.

바깥세상이 궁금하지만 창문을 통해 바라만 보는 제이콥은 조지가 부럽다. 조지는 과자를 파는 '알프네 가게'에 자유롭게 드나들 수 있고, 말에게 무슨 일이 있었는지 왜 양조장을 뛰쳐나왔는지도 자세히 볼 수 있기 때문이다. 밖에 나가고 싶지만 나갈 수 없고 나가기에 세상이 너무 두려운 제이콥은, 자신은 2층 방에 있어 안전하다며 스스로를 위안한다.

"제이콥이 몸이 너무 약해서 아빠가 밖에 못 나가게 했대."

"아빠가 왜?"

"달리는 말에 부딪혀 다칠 수도 있고, 쭈그렁탱이의 개처럼 싸우다가 죽을 수도 있다고 생각한 거지."

"너무했다. 그럼 과자 가게도 못 가잖아."

"제이콥이 밖으로 나갔으면 좋겠어?"

"응!"

우리 집 두 아이는 병약한 제이콥이 2층 방에서 안전하게 지내는 것보다 위험하더라도 조지처럼 바깥세상으로 나가기를 바랐다.

"그럼, 다리가 불편한 아이가 세상 밖으로 나가는 이야기가 있는데, 한번 들어볼래?"

300쪽이 넘는 청소년 문고 《바르톨로메는 개가 아니다》를 꺼냈다. 그 두께에 놀라 "다음에 읽어줘."라고 할 줄 알았던 아이들이 내 예상과 달리 얼른 읽어달라는 눈치다.

인간답게 산다는 것

에스파냐 마드리드의 프라도 미술관, 나는 벨라스케스의 〈시녀들〉 앞에 서 있다. 〈시녀들〉은 "역사상 최고의 명화는 무엇인가?"라는 질문에 미술계 사람들 열에 아홉이 꼽는다는 작품으로, 17세기 에스파냐의 궁정화가 벨라스케스의 대표작이다. 그는 17세기 에스파냐 펠리페 4세의 조정에서 궁정화가로 이름을 날렸다. 왕족을 신처럼 표현한 당대 궁정화가들과 달리, 그는 시녀와 난쟁이, 개를 똑같은 비중으로 그려 각 인물에 각자의 개성을 기품 있게 부여했다.

시녀들

디 에고 벨라스케스 그림 | 에스파냐 프라도 미술관

〈시녀들〉은 국왕 부부의 초상화를 그리는 벨라스케스의 화방에 공주 일행이 들른 순간을 그린 그림이다. 화면 왼쪽에 거대한 캔버스가 보이고 그 앞에 벨라스케스가 팔레트를 들고 서 있다. 화면의 중앙에 공주가 서 있고 공주를 중심으로 시녀 둘과 난쟁이 둘, 그리고 개가 보인다. 공주 뒤에 있는 거울에서 왕과 왕비의 모습이 비친다. 이 그림을 보고 있는 내가 바로 왕의 자리에 있는 것이다.

'이 그림, 나를 왕으로 만들어주고 있잖아!'

천재 화가 벨라스케스는 어떻게 이런 구도를 생각해냈을까? 언젠가 에스파냐의 프라도 미술관, 길이 316센티미터, 너비 276센티미터의 이 거대한 그림 앞에서 나는 감상에 휩싸인 적이 있었다. 내가 세상의 중심이라는 묘한 느낌, 〈시녀들〉은 그림을 보고 있는 관객에게조차 최고의 품위를 부여하는 그림이었다.

'저 개가 진짜 개가 아니라 인간개라면?'

인간개? 그림의 오른쪽 아래 의젓하게 앉아 있는 개가 인간이라고? 왕의 딸, 공주가 개라고 하면 인간도 개가 되어야 하는 왕정 시대에 그려진 그림에 있는 개는 인간일 수도 있지 않을까? 《바르톨로메는 개가 아니다》는 벨라스케스의 〈시녀들〉 속 개가, 개가 아니라 인간일 것이라는 개연성 있는 상상에서 출발한 작품이다. 이 책의 저자 라헐 판 코에이는 특수교사로 장애인 복지에 특히 관심이 많았다. 그는 그림 속 개의 모습에서 개처럼 살아야 했던 난쟁이 꼽추 소년 '바르톨로메'를 본 것이다.

바로톨로메는 개가 아니다
라헐 판 코에이 글 | 박종대 옮김 | 사계절

공주의 마부로 일하는 후안은 다섯 자녀를 두었다. 그중 셋째 아들, 바르톨로메가 불구로 태어났다. 심하게 휘어진 등에 긴 팔, 흙을 뭉쳐

놓은 듯한 기형적인 짧은 다리로 걷기는커녕 혼자 앉고 서기도 어렵다. 네 발로 기어 다니는 것이 그나마 편하다. 장애를 신이 내린 가혹한 형벌로 여겨 장애를 가진 이들이 갖은 모욕과 천대를 받는 것이 당연했던 당시 중세 기독교적 통념 때문에, 후안은 아들을 에스파냐의 수도 마드리드로 데려가지 않으려 한다. 하지만 바르톨로메는 골방에 갇혀 지내더라도 가족과 함께 살겠다며 가족을 따라 마드리드로 향한다.

꽤 두툼한 분량이지만 내용 전개가 어찌나 흥미진진한지 나는《바르톨로메는 개가 아니다》를 들자마자 순식간에 다 읽고 말았다. 실은 찰스 키핑의《창 너머》이후에 아이들과 함께 읽을 책으로 내심 정해 두었더랬다. 청소년 문고지만 열한 살, 일곱 살 두 아이가 좋아할 만한 요소가 많았기 때문이다.

골방에 갇혀 지내는 동생을 보다 못해 형 호아킨은 아버지 몰래 동생에게 글을 가르칠 궁리를 한다. 17세기 에스파냐의 평민들은 글을 배울 수 없었을 뿐만 아니라, 책은 구경도 할 수 없었고, 종이나 펜도 무척 비쌌다. 하지만 형은 불구의 동생이 인간답게 살아가기 위해서는 글을 배우는 방법밖에 없다고 생각해 갖은 고초를 이겨내며 동생을 독려한다.

"엄마, 바르톨로메가 글을 배우는 장면이 특히 감동적이야."

바르톨로메의 엄마 '이사벨'은 아들이 글공부를 시작하자 남편 몰래 어머니로부터 물려받은 반지를 전당포에 맡기고 책을 빌려온다.

바로 세르반테스의 《돈키호테》다. 글을 알게 된 바르톨로메는 몇 날 며칠 《돈키호테》를 소리 내어 읽기를 계속한다. 어머니는 정신만은 맑고 똑똑한 아들이 돈키호테처럼 이성마저 잃어버리지 않을까 걱정한다.

글을 배우러 가는 길, 바르톨로메는 마치 빨랫감처럼 빨래통 속에 담겨서 이동할 수밖에 없다. 무거운 빨래통을 짊어진 바르톨로메의 누나 일행은 그만 공주가 탄 마차와 부딪히고 만다. 마드리드의 한복판, 빨래통은 박살이 나고 파란색 잉크를 뒤집어쓴 바르톨로메는 네 발로 달리기 시작한다. 그러다 다섯 살 공주의 눈에 띄게 되고, 궁정 생활이 지겹기만 하던 공주는 바르톨로메를 자신의 인간개 장난감으로 만들어버린다.

궁으로 들어간 바르톨로메는 개 분장을 하기 위해 자주 궁정 화방 출입을 하게 된다. 그즈음 궁정의 최고 화가 벨라스케스는 〈시녀들〉을 구상하고 있었고, 그림에 공주의 인간개 바르톨로메를 그려 넣으면서 그에게 주목한다. "화가는 겉으로 드러나지 않는 내면의 것을 보고, 그것을 화폭에 담아내려고 노력해야 한다."라는 벨라스케스의 말대로 그는 개로 분장한 바르톨로메의 맑고 영롱한 내면을 포착한다. 바르톨로메에게 화가로서의 자질이 있음을 알아본 것이다. 그리하여 벨라스케스는 바르톨로메가 그림을 그릴 수 있도록 돕는다.

〈시녀들〉의 주인공은 그림 속 왕도 왕비도 공주도 아니다. 그림을 보고 있는 관객이 그림의 주인공이 되는 듯한 느낌을 받는다. 마찬가지로 자칫 개의 인생을 살 뻔했던 바르톨로메는 인간의 삶을 찾아 기나긴 여정을 거친다. 마침내 자신이 원하는 것을 마음껏 펼치는 삶을 살게 된다. 자기 삶의 주인공이 된다.

예술과 역사에서 모티프를 얻은 《바르톨로메는 개가 아니다》는 장애를 가진 소년의 성장 이야기로, 불운의 운명을 타고난 한 인간이 인간답게 살아가고자 희망을 놓지 않는 이야기를 큰 줄기에 두고, 가족의 사랑, 예술가의 삶, 17세기 에스파냐의 궁정 생활 등의 이야기를 작품 곳곳에 균형 있게 배치하여 깊은 감동과 함께 읽는 재미를 더한다.

우리 집 두 아이도 인간답게 사는 것이 얼마나 중요한 것인지 어렴풋이 깨달은 듯했다. 지금까지 내가 읽어준 책들 중에 이걸 최고의 책으로 꼽는다.

바르톨로메의 돈키호테

"엄마, 나 《돈키호테》 읽어도 돼?

"700쪽이 넘는 두꺼운 책인데 힘들지 않겠어?"

"바르톨로메도 《돈키호테》 읽었잖아. 그래서 나도 읽고 싶어. 바르톨로메가 어떤 면이 좋아서 그 책을 몇 날 며칠을 읽었는지 궁금해."

《돈키호테》는 열한 살 초등학생에게 무리이고 고전의 맛을 느끼기도 전에 질려버릴까 봐 걱정되기도 했다. 그래서 일단 서문을 읽어주기로 했다. 최대한 이야기 맛을 살려 읽어준다면 《돈키호테》가 우리 아이들에게 문고판 도서에서 고전으로 넘어가는 징검다리가 될 수도 있겠다 싶었다.

"우와, 엄마. 문장이 어떻게 이렇게 감칠맛이 날 수가 있지?"

큰아이는 세르반테스가 돈키호테의 서문을 쓰느라 힘들어했다는 장면을 또 읽어달라고 했다. 그가 했던 대로 펜을 내동댕이치고 팔꿈치를 책상에 괴고 손을 뺨에다 받치면서 우리는 깔깔대고 웃었다. 위대한 소설가도 글을 쓰기 힘든 것은 우리와 다를 바가 없어 보였다.

"《돈키호테》를 쓴 세르반테스는 정규 교육을 받은 적이 거의 없대."

"정말?"

"전쟁에 참가했다가 돌아오는 길에 해적들에게 붙잡혀 노예 생활도 5년이나 했대."

"진짜?"

"벌써 400여 년 전 일이야."

700쪽이 넘는 《돈키호테》를 집어든 아이의 손이 너무나 무거워 보였다. 그래서 나는 딱 300쪽까지만 읽어주자 마음먹었다. 《돈키호테》를 함께 읽는다는 건, 우리 집 두 아이에게도 내게도 기나긴 여정이 될 것이다. 총 52장, 731쪽, 하루에 한 장씩 읽어주면 두 달이면 완독 가능한 분량이다. 한 달은 함께 읽고, 다음 한 달은 아이가 혼자 읽도록 지원한다면 못할 것도 없겠다 싶었다. 기형적인 팔 다리와 꼽추 등을 타고나 두 발로 서는 것조차 힘든 바르톨로메가 골방을 벗어나는 데 지대한 영향을 미친 책 《돈키호테》라면, 온 가족이 두 달간 매일 저녁 한 시간을 투자해 읽어볼 만하지 않을까!

돈키호테

미겔 데 세르반테스 글 | 박철 옮김 | 시공사

17세기 에스파냐, 하급 귀족이며 독서광이던 한 사나이는 황당무계한 이야기 일색인 기사 소설에 심취하여 급기야 머릿속 이성이 다 말라버려 광기에 휩싸이게 된다. 그리하여 쉰의 나이에 자신을 '돈키호테 데 라만차'라 칭하고 스스로를 기사 소설 속에 등장하는 편력 기사 중 한 명이라 믿게 된다. 우스꽝스러운 복장과 무기를 갖추고, 말라빠진 말 로시난테의 등에 올라 기사의 숭고한 이상을 실행하기 위해 모험에 나선다.

큰아이 말대로 세르반테스의 문장은 감칠맛이 난다. 소리 내서 읽으면 그 맛이 더해진다. 나는 두 가지 목소리를 준비해서 이성이 광기로 변한 돈키호테는 호방하고 굵은 목소리로, 돈키호테의 무모한 도전을 끝내 말리지 못하고 늘 싸움에 말려드는 산초 판사는 작고 얇으면서 간사한 목소리로 읽어주었다.

이상주의자 돈키호테와 현실주의자 산초는 대립된 양극단의 성격을 지닌 인물로서 사건마다 서로 다른 입장을 고수한다. 17세기 에스파냐의 독자들이 돈키호테와 산초 판사의 기상천외한 모험 이야기에 열광했던 것처럼, 우리 집 두 아이도 그들의 모험 이야기를 꽤나 재미있어 했다. 심지어 두 아이는 돈키호테와 산초가 되어 대화를 나누기도 했다.

"산초야, 저기 있는 놈들은 학생들을 괴롭히는 악당들이 아니냐?"

"아이고, 주인님. 저기 있는 저것들은 토끼풀들이옵니다요."

돈키호테는 양 떼를 적의 군대로 착각하여 싸움을 벌이고, 풍차를 거인으로 착각하여 거침없이 달려들어 비참하게 패배하고 만다. 이들은 이런 어이없는 싸움을 날마다 반복한다. 돈키호테와 산초의 대화에서 드문드문 엿보이며, 작품 해설에도 명시된 '종교의 자유, 남녀간 사랑의 자유, 세습 제도 폐지와 정의로운 재판' 등 세르반테스가 작품을 통해 말하고자 했던 이상을 아이들이 이해하기는 어려울 것이다. 300쪽이 넘어가도록 싸우고 지고 또 싸우고를 반복하는 돈키호테가 아이들 눈에도 이상하게 보였던 모양이다.

"돈키호테는 왜 만날 싸우기만 하는 걸까?"

"바르톨로메는 돈키호테의 어떤 면이 좋았던 걸까?"

아이들이 물었다. 너무나 맛있는 세르반테스의 입담에 홀려 매일 밤 엄마의 목소리에 귀를 기울였지만, 끊임없이 패배하면서도 또 일어나 다시 싸우는 돈키호테의 모습이 아이들에겐 혼란스럽기만 했다. 그래, 사고의 확장은 혼란에서부터 시작되는 것이다.

"엄마도 잘 모르겠는데, 아빠 이야기 한번 들어볼까?"

남편이 말했다.

"애들아, 이상이란 뭘까? 이상은 내가 처한 현실에서 한 발짝 더 나아가는 거 아닐까? 《창 너머》의 제이콥이 창 너머 세상으로 한 발짝 내딛는 것, 공주의 개 노릇을 하던 바르톨로메가 인간의 모습으로 당당하게 서는 것을 이상이라 말할 수 있겠지. 주어진 현실에서 이상을 추구하기란 엄청 어려운 일이야. 그리고 그 한 발짝을 내딛기 위해선 큰 용기가 필요하지. 아마 매번 패배하면서도 실패에 굴하지 않고 다시 일어나 도전하는 돈키호테의 모습에서, 기형인 두 다리 때문에 넘어질 수밖에 없는 바르톨로메는 넘어져도 다시 일어날 용기를 배우지 않았을까?"

두 아이와 나는 고개를 끄덕였다. 이상을 찾아 떠난 모험 속에서 끊임없이 좌절하고 실패하지만 다시 일어나는 모습, 결코 그 이상을 포기하지 않는 모습에 돈키호테의 위대함이 있다. 우리 가족은 《돈키호테》를 두고 숭고한 인간상을 구현한 서양 풍자문학의 백미라고 평가하는 이유를 조금이나마 이해할 수 있었다.

'이상'이란 별을 찾아

그렇다면 돈키호테가 꿈꾸었던 이상은 어떤 모습일까? 우리 가족은 그것이 궁금했다. 400년이 넘도록 세계인의 사랑을 받는 돈키호테의 이상은 현대를 살아가는 '나'의 이상과 다를 바 없을 것 같았다. 나의 이상을 찾는 데 《돈키호테》가 도움을 줄 것만 같았다.

돈키호테의 이상을 파악하기 위해서, 먼저 세르반테스가 살았던 17세기 에스파냐 사회를 들여다본다. 17세기 반종교개혁운동과 합스부르크 절대 왕조의 통치하에 있었던 에스파냐 왕국은 《바르톨로메는 개가 아니다》의 시간적·공간적 배경이 된다. 또한 바르톨로메가 돈키호테의 영향을 받았듯, 《돈키호테》를 쓴 세르반테스는 16세기 철학자 토머스 모어의 영향을 많이 받았다고 한다. 세르반테스가 토머스 모어의 《유토피아》를 읽고 깊은 감명을 받았다는 이야기는 유명하다. 이처럼 문학은 역사와 철학과 함께 한 몸을 이루듯 유기적으로 연결되어 있다.

《돈키호테》를 완독한 우리 가족은 돈키호테의 이상을 찾아 토머스 모어의 《유토피아》를 함께 읽어보았다. 16세기 영국, 왕의 충신이자 동시에 역적, 종교적 신념을 지키다 결국 목숨을 잃었지만 훗날 성인으로 칭송받은 당대 최고의 지성인, 토머스 모어. 그가 구현하고자 한 이상 사회는 그의 역작 《유토피아》에 고스란히 녹아 있다.

16세기 토머스 모어의 이상 사회 구축이라는 최초 시도는, 17세기 세르반테스에 의해 이상을 위해 싸우는 돈키호테라는 인간상을 구현하는 데 영향을 미쳤고, 현대에 들어서는 《바르톨로메는 개가 아니다》의 바르톨로메로 대변되는 개인의 이상 추구에로 이어지고 있다. 그리고 지금 나에게, 우리 가족에게 이상이란 무엇이며 어떻게 살아갈 것인가의 질문을 던진다. 지금 나는 뮤지컬 〈맨 오브 라만차〉에서 돈키호테가 숨을 거두는 장면에 나왔던 아름다운 노래 〈이룰 수 없는 꿈〉을 듣는다. 돈키호테의 이상을 그대로 표현하고 있는 이 곡의 가사는 '나의 이상은 무엇인가?'에 대한 해답을 주는 것 같다.

그 꿈 이룰 수 없어도 / 싸움 이길 수 없어도 / 슬픔 견딜 수 없다 해도 / 길은 험하고 험해도 // 정의를 위해 싸우리라 / 사랑을 믿고 따르리라 / 잡을 수 없는 별일지라도 / 힘껏 팔을 뻗으리라 // 이게 나의 가는 길이요 / 희망조차 없고 또 멀지라도 / 멈추지 않고 / 돌아보지 않고 / 오직 나에게 주어진 이 길을 따르리라 // 내가 영광의 이 길을 진실로 따라가면 / 죽음이 나를 덮쳐와도 평화롭게 되리 // 세상은 밝게 빛나리라 / 이 한 몸 찢기고 상해도 / 마지막 힘이 다할 때까지 // 가네 저 별을 향하여

엄마, 아빠의 편지

문학과 철학의 세계로 접어든 우리 아이들에게

어릴 적 엄마는 문학소녀였어. 엄마가 초등학교 5학년 때, 괴테의 《파우스트》를 갖게 되었지. 태어나 처음으로 '내 책'이 생긴 거야. 엄마는 너무 좋아서 늘 그 책을 옆구리에 끼고 다녔어. 5학년인 엄마에겐 너무 어려워 읽지도 못했으면서도 말이야. 《파우스트》를 들고 다니는 엄마를 보고 하루는 담임 선생님께서 말씀하셨어.

"똑똑한 정은이, 벌써 《파우스트》를 읽는구나. 우와, 자랑스럽네!"

선생님의 한마디 덕분에 한순간에 엄마는 친구들의 관심을 받게 되었지. 그리고 엄마는 선생님 말씀대로 똑똑하고도 자랑스러운 정은이가 되기 위해 그 책을 읽기 시작했어.

그때까지 막연하게 '선한 사람'이 되어야겠다고만 생각했던 엄마에게, "악은 곧 선이다."라고 말하는 메피스토펠레스의 속삭임은 충격 그 자체였지. 곧 사춘기를 맞이한 엄마는 혼란스러웠어. 어떻게 악이 선이 될 수 있을까 머리가 지끈지끈했지. 《파우스트》를 여러 번 다시 읽어봤지만, 읽을 때마다 또 다른 생각할 거리를 던져주어 엄마에겐 아주 소중한 책이야.

우리 수민이, 수린이에겐 《돈키호테》가 그런 소중한 책이 되겠구나. 이번에 경험한 것처럼 문학작품 한 권을 완독하는 것은 쉬운 일이 아니야. 하지만, 《바르톨로메는 개가 아니다》를 읽으며 바르톨로메에게 완전히 감정이입을 했듯, 내가 오롯이 문학작품 속 등장인물이 되어 작품 속으로 푹 들어가 본다면, '나'로서는 살아보지 못할 다양한 인생을 살아보는 아주 진귀한 경험을 하게 돼. 그 멋진 세계에 첫발을 내디딘 것을 축하한다.

아빠의 어릴 적 꿈은 철학자가 되는 거였어. 화가 할아버지의 작업실엔 화첩들이 많이 있었어. 몰래 할아버지의 작업실로 들어가 그림 속 여인들을 보며 아름다움이란 게 뭔지 어렴풋이 깨달았던 기억이 나. 그렇게 계속 그림을 보면서 화가들이 그냥 그림을 그리는 건 아니란 걸 알게 되었지. 화가는 그림을 통해 자신의 생각을 표현하고 있었던 거야. 그림 속에 담긴 화가의 생각을 '철학'이라 이름 붙여도 좋겠지. 화가는 철학자로부터 영향을 받기도 하고 거꾸로 철학자에게 영향을 미치기도 하거든. 마치 벨라스케스의 〈시녀들〉이 나중에 미셸 푸코라는 철학자에게 커다란 영감을 준 것처럼 말이야.

이번에 《유토피아》를 함께 읽으면서 느꼈겠지만 철학자의 글을 읽고 내 것으로 만드는 건 쉬운 일이 아니야. 어려운 철학책을 읽을 때, 내가 세상의 중심이라고 한번 상상해보자꾸나. 철학이란 나만의 눈으로 세상을 바라보는 것에서 시작해야 해. 이상을 꿈꾼다는 건 현실에 불만이 있고 문제가 있다는 게 아닐까. 그렇다면 내 세상을 만들어보겠다는 자세로 자신의 생각을 당당히 표현해보는 거야. 토머스 모어가 《유토피아》에서 그가 바랐던 이상 사회를 그리고 있듯 말이야. 이런 생각은 나를 바꾸는 힘이 되기도 하고, 세상을 바꾸는 힘이 되기도 한단다. 그러니 철학의 힘은 실로 어마어마해.

아빠가 할아버지 화첩을 보며 경이로운 작품 세계에 푹 빠졌던 것처럼, 우리 수민이, 수린이도 철학책을 읽는 재미에 푹 빠져보길 바란다.

함께 읽으면 좋은 책

어린이

《으뜸 헤엄이》 레오 리오니 글·그림 | 이명희 옮김 | 마루벌

《고래가 보고 싶거든》 줄리 폴리아노 글 | 에린 E. 스테드 그림 | 김경연 옮김 | 문학동네

《바다가 보고 싶었던 개구리》 기 빌루 글·그림 | 이상희 옮김 | 열린어린이

《자유의 길》 줄리어스 레스터 글 | 로드 브라운 그림 | 김중철 옮김 | 낮은산

《헨리의 자유 상자》 엘린 레빈 글·그림 | 뜨인돌어린이

《우리들의 특별한 버스》 밥 그레이엄 글·그림 | 엄혜숙 옮김 | 시공주니어

《사라, 버스를 타다》 윌리엄 밀러 글 | 존 워드 그림 | 박찬석 옮김 | 사계절

청소년

《낫짱이 간다》 김송이 글 | 홍영우 그림 | 보리

《거울 나라의 앨리스》 루이스 캐럴 글 | 존 테니얼 그림 | 손영미 옮김 | 시공주니어

《갈매기의 꿈》 리처드 바크 글 | 공경희 옮김 | 현문미디어

성인

《성채》 A. J. 크로닌 글 | 이은정 옮김 | 민음사

《천국의 열쇠》 A. J. 크로닌 글 | 이승우 옮김 | 바오로딸

《백범일지》 김구 글 | 도진순 주해 | 돌베개

《필링의 인문학》 유범상 글 | 논형

《유토피아》 토머스 모어 글 | 전경자 옮김 | 열린책들

《법구경》 법구 글 | 한명숙 옮김 | 홍익출판사

에필로그

우리 가족,
함께 성장하다

에필로그 우리 가족, 함께 성장하다

"아빠 몰랐어? 꽃은 원래 별이었어."

사람이 죽으면 별이 된다는 말을 들은 적이 있다. 논리적 인과관계로 설명할 수 없는 이 문장이 어느 때부터 이해되기 시작했다. 둘째 아이가 태어나던 날, 꽃은 원래 별이었다고, 별이 떨어져 한 송이 꽃을 피웠다고 말하던 다섯 살배기 큰아이의 목소리는 내게 잊을 수 없는 경이로움으로 남아 있다. 반짝이던 별이 떨어지던 날 꽃처럼 아름다운 동생이 태어났다. 큰아이는 어떻게 알았을까? 동생이 별이고 꽃이라는 사실을!

인문 고전을 읽을 때 잊은 줄만 알았던 지나온 내 삶 속 순간들이 잊히지 않고 남아 빛과 향기를 뿜어내는 경이로움을 느낀다. 산을 타거나 하늘을 볼 때, 그리운 이를 만나 이야기를 나눌 때, 일상에서 시시때때로 큰아이가 이야기했던 경이로움을 느낀다.

우리 부부는 함께 책을 읽으며 인생에서 가장 행복했던 순간을 현재로 되살리는 경험을 했다. 그리고 지금의 행복을 우리의 미래로 연결하는 작업을 하고 있다. 과거의 아름다웠던 추억과 다가올 미래, 그 중간 지점에 서서 이 두 가지를 연결시키는 일은 결국 오늘 하루, 나의 삶을 어떻게 살아내느냐에 달려 있다.

존재의 의미를 찾아서

"김 과장, 오늘 시간 돼?"

퇴사한 지 3년이 지나도 회식 자리에서의 러브콜은 여전했다. 굳이 남편의 월차 일자를 물어 송년회 날짜를 잡을 정도의 의리를 보여주는 사랑하는 나의 동료들! 끊임없는 조직의 다운사이징으로 업무량이 대폭 늘어 개인 시간을 내기 어려운 그들과 남편의 휴가 날을 맞추지 않으면 어린 두 아이로부터 자유롭지 못한 내가 만날 수 있는 그날은, 견우와 직녀의 칠석날쯤 될 것이다.

"길어야 1년이겠지."

그들에게 나는 아직도 김 과장이다. 시간이 지나 목 디스크와 온몸의 근육통이 나으면 언제 아팠냐는 듯, 노트북 가방을 메고 이민 가방 두 개를 양손에 끌고 출장을 다니던 씩씩한 김 과장으로 다시 돌아올 줄 알았단다. 그랬다. 나는 그들과 함께 일하기를 너무나 좋아했고, 월급도 반드시 필요한 사람이었다. 그렇게 좋아하던 일도 없이, 없으면 죽는 줄만 알았던 월급도 없이, 나는 3년 넘게 잘 버티고 있다.

"지금의 생활에 만족합니다."

그들은 내가 프리랜서로 나서지 않을까하고 추측했단다. "남편이 잘 버나 봐?" 누군가는 이렇게 이야기했다. "아무리 잘 벌어도 수입이 반으로 줄었는데 물려받은 유산이 있는 것 아냐?" 어떤 이는 이렇게 상상력을 발휘했다. '참, 프리랜서로 독립할 수도 있었지?' 남편이 파업 투쟁하느라 월급을 못 받아 올 때도 나는 그 생각을 못했다. 물려받은 유산이 있을 리는 더더욱 없다. 하지만 일 없고 돈 없으면 못 살 것 같았던 내가 잘 살고 있는 건 맞다.

'존재가 물질을 넘어선 삶을 살고 있습니다.'라고 말하려다가 그만두었다. 물질이 주는 맛이 얼마나 달콤했던가? 물질의 맛에 젖어 있을 때, 이 달콤함이 사라진다고 상상한다면? 상상하는 것만으로 혀끝이 씁쓸해진다. 물질이 주는 혜택 없이는 단 한순간도 못 살 것만 같다. 나도 그랬기에 입을 다물었다. 그런데 나는 요즘 좀 다른 맛에 빠져 있다. 단맛 빠진 요즈음의 담백한 일상은 자연을 있는 그대로 담은 건강한 밥상처럼 존재 자체로 충분한 맛이 난다. 존재의 맛은 물질의 맛에 비할 수 없이 좋다. 존재가 물질을 넘어선 삶의 맛을 그들도 한 번 맛봤으면 좋겠다. 나 혼자 알기에는 아까울 정도로 맛있기 때문에!

존재의 맛이란 무얼까? 사랑하는 사람이 죽음으로 가는 길목에 있다고 가정해보자. '제발 살아만 있어 달라고!' 그것이 존재의 의미다. 한편, 사랑하는 사람 덕분에 내가 얻게 되는 것들, 예를 들어 사랑하는 사람이 나의 아버지라면 그로 인해 얻는 든든한 울타리, 정신적인 안정감, 더불어 좋은 집과 멋진 차, 가끔 떠날 수 있는 해외여행 등은 아버지의 존재로 부수적으로 따라오는 것들이다. 그 행복의 근원은 '아버지'라는 존재에 있다.

이른 퇴직으로 스스로를 들들 볶으며 괴로워하던 시절이 있었다. 직장을 그만두어 시간적 여유가 생기면 정신적인 여유도 생기지 않을까 기대했지만 천만에! 나는 내가 인식하지 못한 사이 또 다른 직업을 준비하고 있었다. 하루에도 수십 번 취업 사이트를 들락날락거리며 아이들을 키우면서도 할 수 있는 일을 찾고 있었다. 정신을 차리고 보니 어느새 나는 이미 원하지도 않았던 자격증을 두 개나 따놓은 상황이었다. 퇴직 후 약 1년간의 내 생활은 그랬다. '아모르파티amor fati'를 선언하며 내 운명을 사랑하자 했지만 그건 하루아침에 되는 일이 아니었다.

이대로 가다간 가뜩이나 망가진 건강을 더욱 망가뜨리겠다 싶었다. 의도적으로라도 정신적 여유를 가져보자 다짐했다. 모든 것을 내려놓고 내 흥미를 찾아 취미를 가져보자 했다. 주어진 일을 열심히 하는 것 외에 특별히 잘하는 것도 없고, 좋아하는 것도 없었던 나는 좋아하는 걸 찾는 일이 특히 어려웠다. 그래서 내 아이들이 좋아하는 그림책을 선택했고 아이들을 위해 그림책 공부를 시작했다.

그림책을 읽으면 책이라는 타임머신을 타고 동심의 세계로 되돌아가게 된다. 내 존재 자체로 부모님의 사랑을 듬뿍 받았던 그때로 말이다. 그리하여 나는 두 아이와 그림책을 함께 읽으며 성인이 되어 잊어버린 나의 존재 가치를 찾는 여행에 돌입했다. 돌이켜보면 내가 그토록 직장 여성으로 살고자 했던 이유도 그 일 자체가 좋아서라기보다 내 가족에게 무엇이라도 해줄 수 있는 경제적 여유가 있었기 때문이다. 이러한 가치가 너무나 중요함을 나도 안다. 하지만 나는 내 남은 건강을 담보로 할 만큼 중요한 것인지, 내 아이들에게 엄마를 대신할 만큼 중요한지 고민했다. 물질적인 것이 아니라도 내가 베풀 수 있는 가치가 도처에 있었다. 존재 가치를 추구하며 스스로가 소중한 존재임을 자각하게 되자 내 일상도 바뀌기 시작했다. 나는 한 인간으로서 인간답게 인간다움을 추구하면서 살아가는 지금의 삶에 만족한다. 존재 가치를 추구하는 삶에 일찍 뛰어든 것에 감사하고 있다. 진심이다.

그렇게 일상을 사랑하게 되고

"너는 왜 어머니의 집을 떠나려느냐?"

"행복을 찾았기 때문이지요."

– 제임스 조이스, 〈율리시스〉를 변주하여

서른 평이 넘어 뵈는 아파트로 이사하는 날이다. 이삿짐을 풀었다. 거실에는 시어머니와 아가씨가 분주하게 짐을 나르고 있다. 나는 안

방으로 들어간다. 안방에 떡 하니 자리 잡고 있는 화장대! 몬드리안이 직접 나무를 깎아 만든 듯한, 기하학적인 디자인이 돋보이는 이 화장대는 참 세련되었다. 처음 보는 물건인데 왜 이게 내 방에 들어와 있나? 그 고혹적인 자태에 취해 나도 모르게 슬쩍 쓰다듬어본다. 엠디에프 무늬목도 아니고 나무 모양 시트지를 붙인 것도 아닌, 이건 완전 고급스런 100퍼센트 천연 원목의 감촉이다. 뭔가 이상하다. 이 물건 정말 내 물건인가?

"그동안 고생 많았다. 이젠 너도 가꾸면서 살거라."

바로 시어머니의 집들이 선물이었다. 새집에서 새 마음으로 집도 예쁘게 꾸미고 나도 예쁘게 가꾸면서 살라는 의미에서 어머니는 고가의 화장대를 장만했다 하셨다. 며느리는 결혼 후 이사를 여러 번 하면서도 한 번도 화장대를 들이지 않았고, 안방은 언제나 빈틈없이 자리 잡은 책장들로 가득 차 있었다. 어머니께선 책 욕심 많은 아들을 위해, 며느리가 혹시 여자라면 당연히 있을 아름다워지고 싶은 욕망을 억누르고 있지나 않나 짐작하셨던 것이다. 화장대의 거울을 들여다본다. 화장? 화장대? 사실 난 화장에도 화장대에도 관심이 없다. 여태 안 산 것이지, 못 산 건 절대 아니었다.

화장대도 화장대지만 언감생심 도대체 이 넓은 아파트는 무어란 말인가? 우리 부부는 이런 아파트를 살 형편도 안 될뿐더러, 빚을 내어 사고 싶은 마음은 더더욱 없다. 시어머니께선 아주 저렴한 가격에 장기 전세로 이 집을 얻었다고, 이제 전세금 올려줄 걱정은 하지 말라고 하셨다. 그렇다! 전세 계약 만료일이 다가오고 있다. 이곳으로 이사 오기 전, 우린 서울의 소형 아파트를 팔았다. 그 돈으로 이곳의 중형 아파트를 전세 얻고 잔액이 얼마간 남아 얼마나 든든해했는지 모른다. 하지만 전세 대란의 여파는 이곳까지 잠식하여 지난 몇 개월 사이 전세금은 1억이 더 올랐다. 오른 전세금을 어떻게 마련하나 고민하던 참이었는데, 그것 참 잘 되었다. 안심이 되었다.

"언니, 이 집 엄마가 오빠 몫으로 미리 마련해둔 거예요. 이제 전세금 걱정 안 하셔도 돼요."

거실에서 짐 정리를 하던 아가씨가 들어와 내게 속삭인다. 정말? 그럼 우리 집이 생긴 거란 말이야? 이제 전세금 걱정은 안 해도 된단 말이지? 마음이 편안해진다. 우리 집이라 생각하며 이 방 저 방 둘러본다. 이 정도면 우리 네 식구 살기에 과하다. 거실에는 커다란 소파와 TV가 놓여 있다. 소파는 내가 어릴 적부터 갖고 싶었지만 여태껏 못 가진 물건 중 하나다. 우아하게 소파에 앉아 여유롭게 차 한 잔을 하며 TV를 보는 그 장면! 내가 얼마나 고대했던 장면인가. 그런데 이상하다. 보기엔 엄청나게 편안해 보였는데, 남의 신발을 신은 듯 이 소파 왠지 불편하다. 소파와 TV가 놓여 있는 이웃집의 거실을 평소 얼마나 부러워했던가. 하지만 막상 내 거실이 되고 보니 무언가 이상하다. 책 좋아하는 남편을 둔 덕에 헌책방이라도 차릴 듯, 우리 집 거실은 양 벽이 책장으로 둘러싸여 있었다. 매일 너저분하게 널브러진 책들을 정리하며 중얼거리곤 했다. '나도 언젠가는 모던하게 거실을 꾸밀 거야. 소파는 내 로망이라고!' 하지만 지금 난 내가 꿈꾸었던 거실에서 나의 로망이던 소파에 앉아 불편해하며 헌책방 거실을 그리워하고 있다.

어느새 아침이다. 나는 100퍼센트 천연 원목 가구로 안락하게 꾸민 안방에서 자고 일어났다. 나무 향기가 솔솔 나는 침대 프레임에, 편안하게 단단한 매트리스, 거기에 새하얗고 보송보송한 천연 광목 침구는 쾌적함까지 더했다. 게다가 난 닿는 느낌이 보드라운 실크 원피스 잠옷까지 입고 있다. 남편은 옆에서 곤히 자고 있다. 몬드리안 화장대가 내 눈앞에 있다. 거실로 나가본다. 역시 커다란 소파와 TV가 있다. 이게 꿈이 아니었단 말이지? 여기가 우리 집 맞단 말이지? 그럼, 난 어머니께서 마련해주신 이 집에서 걱정 없이 편안하게 살기만 하면 된단 말이지?

아, 그런데 내 것들은 다 어디로 갔나? 오래된 코스트코표 플라스틱 책상은? 산전수전을 함께 겪은 내 노트북 컴퓨터는? 그리고 남편의 헌책들은? 내가 요즘 읽고 있던 그 책들은 어디 가버린 거지? 여기서 나는 뭘 하나? 나의 새로운 일들은? 나와 함께한 내 동지들은? 그들과 함께 만든 우리의 동아리는? 이곳엔 내가 하던 일도, 나와 잘 통하던 사람들도, 그들과 함께 만든 동아리도 없다. 여기엔 내가 해야 할 일도, 걱정거리도, 고민거리도 없다, 그저 편안함과 안락함만이 존재할 뿐이다.

"으악! 나, 돌아갈래!"

그렇게 소리치며 나는 잠에서 깨었다. 꿈이 얼마나 생생했는지 바로 거실로 나가보았다. 너저분하게 널브러진 책들, 양쪽 벽에 헌책 가득한 책장들, 안방엔 몬드리안 화장대도 없다. 내가 꿈을 꾼 것임에 틀림이 없다. 여기가 우리 집, 우리 집 맞다. 이 집이 꿈속 그 집이 아니라 얼마나 다행인지, 침대에 털썩 주저앉았다. 안도의 한숨이 나왔다.

내 일상이 그토록 소중했는지 미처 몰랐다. 꿈이라지만 거의 복권 당첨 수준의 안락한 생활이 찾아왔다면 얼씨구나 하며 좋아해야 하는 게 당연한 거 아닌가. 이상하게도 지금의 일상을 벗어나 안락한 세계로 다시 돌아가는 것이 내겐 기쁜 일이 아니었다. 오히려 꿈속에서 지금의 일상을 그리워했다. 왜 그랬을까? 3년 전, 퇴직이라는 큰 변화를 겪으며 난 어둠침침한 인생의 터널 지대를 묵묵히 걸어왔다. 지난 3년간 전환의 한복판을 때론 외롭고 우울했지만 나름 최선을 다하며 그 과정을 보냈다. 미리 계획한 성공을 위해 한 걸음 한 걸음 내디딘 것이 아니라, 언제가 될지 알 수 없는 전환의 종결을 향해 구불구불한 길을 헤매며, 인생이 무엇인지 알아가며 시간을 보낸 것이다. 전환의 중간 지대를 보내며 나는 비로소 내 일상을 사랑하게 된 것 같다.

내 비록 어렵고 곤궁하다 하더라도 안락함의 상징인 어머니 품으로 돌아가진 않으리라. 왜냐? 지금 충분히 행복하기 때문이다. 모든 물이 바다로 흘러들어 갈 때 바다로 가지 않고 자기 자리에 남아 스스로 맑게 정화한 우물처럼, 나도 내 자리를 찾을 수 있을 것 같다. 그 곳이 모든 이가 도달하고 싶어 하는 편안함과 안락함이 가득한 곳이 아니라도 좋다. '헤맴'의 끝에 있을 내 자리를 기대한다.

내 것이 소중함을 깨닫기까지

"당신의 조언이 필요해."

남편이 어떤 말을 한다 해도 지지와 격려로 답하리라 다짐했다. 내가 할 수 있는 일은 그것밖에 없었다.

남편은 내게 MBA에 한번 도전해보고 싶은데 어떻겠냐고 물었다. 직장을 옮겨야 할 수도 있는 상황, 자신의 이력서를 다시 쓰려다가 MBA를 떠올린 모양이었다. 금융 회사에서 근무한 경력에 MBA라는 최종 학력을 얹는다면 이력서가 한결 괜찮아 보일 것 같기도 했다. 회사가 술렁거려 남편 마음도 덩달아 슬렁거리는 시기, 남편은 집중할 무언가가 간절했을 것이다. 남편은 그렇게 경영학 전공자인 나에게 조언을 구해왔다.

"MBA를 꼭 해야 할까요?"

남편은 경영학 전공자는 아니지만 4년 이상 재무팀에서 회계와 재무 실무를 맡았고, 또 5년 이상 영업교육팀에서 고객과 영업 실무를 담당하는 사람들과의 접점에 있었으며, 이젠 회사 전체 부서의 주요 데이터들을 끌어모아 핸들링해야 하는 전략팀에서 보고서 쓰는 일을 맡고 있다. 그렇게 회사 전체의 업무를 볼 줄 아는 그가 다시 학생으로 돌아가 학문으로 경영학을 공부해야 하는지 나는 필요성을 전혀 느끼지 못했다. 실무를 하며 이미 경영학 전공자나 MBA를 취득한 웬만한 사람들을 능가하는 지식을 습득한 셈이었다. 남편이 무슨 말을 하더라도 긍정적인 피드백을 하리라던 내 다짐이 흔들리는 순간이었다.

맞벌이 부부에서 외벌이 부부로, 내가 직장을 그만둔 것이 남편에겐 능력 있는 가장으로 자신의 위치를 더 확고히 다져야 한다는 부담이 되었을 것이다. 만일을 대비하여 자신의 이력서에 한 줄이라도 더 채우고 싶은 남편의 마음을 모를 리 없다. 내 의사와 상관없이 동의하는 것이 남편에게 위안이 된다면야 지지하지 않을 이유도 없었다. 그래서 MBA 관련 자료들을 수집하기 시작했다. 국내와 해외 유수의 대학의 MBA 과정과 입학 전형 등을 리스트업했다.

정리하다 보니 대학들을 선별하는 과정에서 새로운 아이디어가 떠올랐다. 가령 일반 MBA가 아니라 금융에 특화된 금융 MBA도 괜찮을 것 같았고, 공부를 제대로 하려면 직장을 그만두는 것도 좋을 것 같았다. 퇴사를 한다면 퇴직금을 가지고 해외로 나가는 것도 괜찮겠다 싶었다. 해외로 간다면 내가 익숙한 미국으로 가는 것도 좋을 것이다. 나는 미국에서 살아가는 방법을 어느 정도 터득해놓았고 아이들에게는 외국어를 습득할 좋은 기회가 되겠지. 그러다 문득 미국 출장 중에 만난 'S사를 박차고 나와 MBA를 취득한 A씨'가 떠올랐다.

A씨 부부는 한국에서 맞벌이하여 마련한 집을 정리하고, 온 가족이 함께 유학길에 올랐다. A씨는 인생의 새로운 출발을 위해 미국의 상

위권 대학에서 MBA 과정을 밟았다. 하지만 그는 학위를 취득하고도 직장을 구할 수가 없었단다. 한국으로 돌아가자니 턱없이 오른 전세가를 도저히 감당할 수 없을 것 같아 생계를 위해 무슨 일이라도 하겠다며 일자리를 알아봤지만, 미국 시장도 불경기라 눈을 낮추어도 취업이 어려웠다고 한다.

출장 기한이 다 되어 내가 하던 업무를 인수인계할 사람이 필요했고, 그곳 미주 법인은 새로운 인력으로 A씨를 채용했다. 그와 함께 일을 하면서 나는 그의 스펙이 아깝다고 생각했다. 내가 하던 업무가 미국 상위권 대학의 MBA 학위가 필요한 일은 아니었기 때문이다. 그는 내게 자주 이야기하곤 했다.

“위로 올라가기 위해 자신에게 투자하지 마십시오. 저처럼 재산만 탕진할 뿐 삶은 바뀌지 않아요. 자신에게 주어진 삶 속에서 기쁨을 발견하세요. 그 기쁨을 최대한 누리면서 살아가길 바랍니다.”

MBA에 대한 정보를 수집할수록 우리 부부의 미래 청사진은 오리무중 상태로 빠져들었다. A씨가 말한 삶 속에서 기쁨을 발견하는 것이 도대체 뭔가 싶기도 했다. 우리는 홍콩행 비행기에 올랐다. 아시아의 금융 허브, 홍콩에서 일하는 사람들을 실제로 만나고 싶었다. 혼란의 시기엔 롤 모델의 존재가 절실한 법이다. 홍콩 센트럴의 금융가도 가보고, 주택가도 가보고, 시내의 치안이나 물가도 따져보았다. 무엇보다 우리 두 아이를 위해 교육 환경도 꼼꼼히 살펴보았다. 홍콩의 주택비가 서울보다 훨씬 비쌌고, 국제 학교에 보내야 하는 외국인 자녀의 교육비 또한 만만치 않았다. 한마디로 우리 형편에 전혀 맞지 않았다.

이번엔 학생들의 삶은 어떤지 홍콩의 대학을 방문해보았다. 홍콩에서 가장 우수하다는 한 대학의 캠퍼스를 둘러보고, MBA 학사 일정도 문의했다. 학생회관도 가보고, 학교 식당에서 밥을 사먹기도 했다. 때마침 우리 부부가 한국인임을 눈치챈 한국인 학생이 말을 걸어왔다. 그렇게 S군을 만났다. 남편이 그곳 대학의 MBA에 대해 묻자, S군은 현실적인 대답을 해주었다. 홍콩은 대학 등록금은 저렴하지만 주거비와 외국인 자녀의 교육비가 굉장히 비싼 편이다. 그래서 가족을 두고 혼자 유학을 온다면 기숙사에서 지내며 공부하는 게 비용면에서 낫다. 여러 가지를 고려해볼 때, 홍콩에서 MBA를 한다면 가족과 떨어져 지내는 방법이 최선이었다.

공부만 하며 살고 싶은가? 일만 하며 살고 싶은가? 가족과 떨어져 타국에서 혼자 외롭게 지내고 싶은가? 남편은 고개를 절레절레 흔들었다.

생택쥐페리의 《어린 왕자》에는 좋은 옷을 입어야만 인정받을 수 있었던 한 천문학자의 이야기가 나온다. 어린 왕자가 살던 별 B612를 발견한 천문학자는 국제천문학회에 자신의 발견을 훌륭하게 증명해 보였지만, 허름한 차림 때문에 아무도 그의 말을 믿지 않았다. 이후 그는 매우 멋진 옷을 입고 나타나 다시 증명했다. 그러자 모든 이가 그의 말을 믿었다. 왜 대학원에 가려고 했지? 남편은 진학의 목적이 결국 명예 때문이라고 결론 내렸다. 이번 홍콩 여행은 좋은 옷을 입어야만 인정받는다는 편견에서 벗어나지 못한 자신을 돌아본 계기가 되었다. 공부하고 싶은 것이 있다면 홀로 공부하고 모르면 스승을 찾아 물어볼 수도 있다. 별 B612는 강단 학위를 받지 않아도 얼마든지 찾을 수 있고, 좋은 옷을 입지 않더라도 다른 사람들과 얼마든지 소통할 수 있다. '홀로 가자. 학위에 기대지 말고 홀로 가보자. 가다 보면 길이 좀 더 밝게 보일 것이다.' 그렇게 남편은 마음을 정했다.

나의 퇴사와 남편 회사의 구조 조정이라는 현실에서 우리가 할 일은 MBA나 해외 진출이 아니다. 무언가를 더 얹어서 나를 빛나게 만들 것이 아니라 나에게 이미 존재하는 빛나는 면을 나부터 알아봐야 한다. 난 철학자가 꿈이었던 남편이 정말 철학을 전공했다는 것이 항상 부러웠다. 철학 전공해서 뭐 해서 먹고살 거냐며 부모님이 얼굴이 하얗게 질려 반대하셨음에도 남편은 끝내 자신이 원하는 전공을 선택했고, 4년 내내 원 없이 철학 책을 읽고 또 책을 통해 철학자들을 만나며 행복한 학창 시절을 보냈다. 비록 철학자가 되진 못했어도 부모님이 걱정하신 '뭐 해서 먹고살'지에 대해서는 적어도 할 말은 있는 사람이 되었다. 그럼 된 것 아닌가.

"다시 철학책을 펼쳐보는 건 어때요?"

남편에겐 어린 시절부터 줄곧 그가 사랑해 마지않았던 철학이 있다. 힘든 시기를 보내는 그가 철학책을 다시 펼쳐본다면 어떨까. 그저 떠올리는 것만으로 행복해지지 않을까. 내 예상은 적중했다. 남편은 철학책을 읽으면서 흔들리는 마음을 추스르는 듯했다. 우린 'MBA?'

했다가 '철학책!' 한 것이다.

남들보다 나은 삶을 살길 바란다면 끊임없이 자기 자신을 착취해야 할 것이다. 마흔의 위기, 우리 부부는 남들보다 낫기보다 남들과 다르게 살기로 했다. 위로 올라가지 않고 옆길로 새기로 했다.

주말은 아빠와 함께

새로운 삶의 시작은 나란 존재가 먼지보다 작은 존재라는 각성에서 출발한다. 우주에서 바라보면 나란 존재는 티끌보다 더 작기에, 나의 기쁨과 슬픔은 티끌보다 더 작은 의미다. 시야를 넓혀 우주적인 시선으로 나의 괴로움을 바라보면 그건 아무것도 아닌 것이 된다. 파업과 구조 조정, 가장으로서 가정 경제의 붕괴를 목격하면서 나는 기쁨도, 슬픔도, 괴로움도 결국 아무것도 아니라는 진리를 깨달았다.

내 앞에 가로막힌 현실의 장벽들이 아무것도 아님을 인식할 때 역설적으로 삶 속에 경이로움이 깃들고 있음을 느낄 수 있다. 우리 집 두 아이와 마찬가지로 나 또한 별과 같은 존재, 꽃과 같은 존재다. 주중은 직장인으로, 주말은 남편이자 아빠로 살아가는 지금의 일상은 경이로움 그 자체다.

하늘을 보는 법

"엄마는 공부하러 나갔으니, 우리끼리 좋은 데 가자! 어디로 갈까? 음, 과자 사들고 연 날리러 갈까?"

"야호!"

토요일 오후, 늘어진 몸을 추스르기에 가장 좋은 명약은 아이들의 환호성이다. 순식간에 두 아이는 춤추고 환호하는 도깨비로 돌변했다.

"그럼 우선 세수하고 양치질하고 옷 갈아입자!"

딸 기르는 재미 중 으뜸은 머리를 빗겨 방울로 묶어줄 때다. 작은아이를 의자에 앉히고 고개를 살짝 뒤로 젖히게 한다. 우선 오른손으로 머리카락을 쓸어 모아 왼손으로 움켜잡는다. 몇 번 반복하면서 잔머리를 최대한 정돈한다. 입에 물었던 방울을 가져와 왼손 엄지손가락으로 한끝을 누르고, 다른 한끝을 잡아 세 바퀴 돌려준다. 이때 묶는 지점이 너무 밑으로 내려와서도, 너무 위로 올라와서도 안 된다. 방울을 너무 많이 돌려 지나치게 팽팽하게 묶어서도 안 된다. 어차피 서너 시간 뒤에 다시 묶어주어야 하기에 너무 팽팽하면 풀기 곤란하다.

아이들의 옷을 챙겨 입히고 머리를 묶어준 뒤, 공원에서 필요한 물품을 챙겨본다. 차양, 야외용 돗자리, 생수 한 병을 차에 싣는다. 아파트 후문 옆 마트에 들러 바라보기만 해도 입안에 침이 고이는 청포도 한 송이를 산다. 물론 과자도 한 봉지 고른다. 큰 봉지로 골라야 놀러 가는 맛이 난다.

하늘 맑은 주말에 찾은 임진각 평화누리 공원. 하염없이 푸른 봄 하늘과 저 멀리 펼쳐진 잔디 언덕에 삼삼오오 휴일을 즐기는 사람들이 있는 곳. 말 그대로 윈도우 배경 화면을 실물로 보는 느낌이다. 게다가 바람마저 적당히 불어 1년 사시사철 연날리기 딱 좋은 곳이기도 하다.

6000원을 건네고 가오리연을 하나 샀다. 큰아이는 연에 실을 묶어주기가 무섭게 연을 치켜들고 저 멀리 뛰어나간다. 이제부터 내 할 일은 작은아이를 돗자리에 앉혀놓고 차양을 치는 일이다. 주섬주섬 장비들을 챙겨 차양과 한판 승부를 펼쳐본다. 연 날리던 큰아이도 어느새 연을 제쳐놓고 차양을 치는 데 한몫 거든다고 나선다. 한 30여 분 장비들을 주물럭거린 끝에, 제법 모양새 나는 차양 그늘을 완성했다.

돗자리를 펴놓고 청포도와 과자를 꺼내놓는다. 두 아이와 나눌 대화도 별로 필요 없다. 그저 청포도와 과자를 입에 넣고 연신 우물거린다. 허기가 좀 가시니 온몸에 힘이 쭉 빠진다. 벌러덩 눕는다. 작은아이도 내 허벅지를 베고 벌렁 눕는다. 큰아이도 내 옆에 거꾸로 눕는다. 우리 셋은 그저 차양 그늘과 차양 바깥 봄 하늘을 번갈아 천천히 바라본다. 바람이 이마와 머리 결을 쓰다듬는다. 내 몸을 베고 누워 있는 건 아이들이지만, 왠지 내가 어머니 무릎이라도 베고 누운 것처럼 편안하다.

'그래, 하늘은 이렇게 보는 거다.'

하늘 보는 법은 단순하다. 온몸에 힘을 빼면 된다. 하늘을 가슴 가득 받아들이는 데 머리 쓸 일은 없다. 눈으로 몸으로 하늘과 바람을 받아들이면 된다. 몸 뉘일 그늘과 돗자리, 허기를 채워줄 포도 한 송이와 과자 한 봉지면 충분하다. 그러곤 하늘을 보며 감탄하면 되는 거다. 그렇게 하늘을 보고 있으면 곧 알게 된다. 하늘 가득 날아오르는 연들은 주연배우 '하늘'을 도와주는 훌륭한 조연들이라는 걸.

감악산 계곡

흐르는 물소리가 듣고 싶었다. 지방선거가 있던 어제 아침, 일찍 투표를 마치고 두 아이와 함께 파주 감악산 자락 한적한 계곡을 찾았다. 두 아이를 데리고 등산을 하는 건 색다른 재미가 있다. 작은아이를 배낭에 쏙 집어넣어 짊어지고 산을 오른다. 작은아이의 눈엔 아빠 머리 너머 산이 어떻게 보일까?

감악산에서 한적한 계곡을 만났다. 말이 계곡이지 깊어봐야 어른 무릎 높이 정도의 실개천이다. 다리 밑에 돗자리를 폈다. 오늘의 미션은 생수 페트병 어항 만들기다. 쌈장 한 숟가락과 생수 페트병으로 민물고기를 잡는 거다. 두 아이의 반짝이는 눈동자 앞에서 페트병을 칼로 잘라 제법 그럴듯하게 어항을 만들었다. 미끼로 쓸 쌈장을 페트병 안쪽에 바르고 계곡 물속 돌 틈에 설치했다.

미션을 수행했으니 돗자리에 누워 눈을 붙인다. 두 아이가 아빠를 가만둘 리 없다. 큰아이는 옷이 홀랑 젖어 아빠를 찾는다. 큰아이 옷을 갈아입히는 사이 작은아이도 그만 옷이 홀랑 젖고 만다. 계곡물이 아이들 이야기 소리처럼 재잘재잘 흐른다. 옷이 홀랑 젖은 아이들도 뭐가 그리 재미있는지 까르륵 웃는다. 나도 흐르는 물에 일주일간의

POTATO

피로를 씻어 보낸다.

아이들은 옷을 갈아입자마자 페트병 어항에 가보자고 보챈다. 돌 틈에 끼워둔 페트병 어항을 찾았다. 아! 우리가 설치한 어항 안에 조그마한 물고기 한 마리가 있다. 간신히 아빠 체면치레를 했다.

"물고기야, 잘 가. 다음에 또 만나."

어항 속 작은 물고기를 풀어주고 두 아이와 함께 물고기가 사라진 방향으로 한참 동안 손을 흔들었다. 어항을 챙겨 다시 돗자리로 돌아왔다.

두 아이가 복숭아 통조림을 먹는 동안 주섬주섬 물건을 챙긴다. 차에 올라 근처 법륜사로 향한다. 아이들 손을 잡고 굽이굽이 걸어올라 절에 도착한다. 삼삼오오 등산객들과 인사를 나누고, 아이들과 바가지로 물 한 모금씩 돌려 마신다. 대웅전을 찾아 반쯤 열린 문틈 사이로 부처님께 인사도 드린다. 절터를 뛰어가는 다람쥐를 발견하고 한참을 구경했다.

차에 오르기가 무섭게 아이들은 잠에 빠져든다. 곤히 잠든 아이들을 차에 싣고 집으로 향한다. 하루의 해가 중천을 지나 제법 서쪽으로 기울 시간이다. 문득 페트병 어항에서 풀어준 물고기가 생각난다. 물고기도 집으로 돌아가 잠을 자겠지.

아빠의 닭백숙

두 아이와 나는 '실패가 두렵지 않은 발칙한 요리 도전기' 웹툰 '역전! 야매 요리'의 팬이다. 매주 토요일 아침은 우리 세 부녀의 '도전! 야매 요리' 시간이다. 아이들과 내가 한차례 요리를 하고 나면 설거지거리가 산더미에다 부엌이 난장판이 되어 아내에게 일거리를 더 얹어주는 결과를 낳곤 하지만 그렇다고 이 즐거운 놀이 시간을 포기할 순 없다.

어제는 결혼 10주년 기념일, 야근하고 들어와 밤늦게 아내와 맥주를 한잔하는데 아내 컨디션이 영 별로였다. 그러고 보니 이번 주 내내 세 모녀가 계속 골골했다. 아내와 작은아이는 목감기로, 큰아이는 중이염으로 벌써 일주일째 약을 먹고 있다. 게다가 아내는 새로 시작한 일이 힘든지 온몸이 근육통이다. 의사 선생님이 아내에게 내린 처방은 이랬단다. "아이들 먹일 때 본인도 좀 잘 챙겨 드세요." 이래선 안 되겠다 싶어 오늘 아내를 방 안에 누이고 특별식을 만들었다.

닭 한 마리 물로 씻어 제일 큰 냄비에 담는다. 냄비에 들어간 닭을 본 큰아이가 닭에게 감사 기도를 한다.

"닭아, 고맙다. 우리를 위해 맛있는 음식이 되어주어서!"

나도 함께 기도한다.

"우리 가족이 너를 먹고 감기 몸살 얼른 나아서 착하고 좋은 일 많이 하마!"

아차, 밤이 없다. 대신 고구마 하나 '구마구마' 썰어 넣고 양파도 하나 '양파양파' 썰어 넣는다. 통마늘도 한 움큼 다듬어 넣는다. 냉동실 속에서 발견한 황기도 적당한 길이로 꺾어 넣어준다. 냉장실에 파도 보인다. 바로 넣어버린다. 후추는 '후추후추', 소금은 좀 적다 싶게 '소금소금' 뿌려준다. '자작자작' 잠기도록 물을 붓고 센 불로 끓인다. '부르르' 끓으면 중불로 줄여 '자작자작' 계속 끓인다. 전기밥솥에 밥을 한다. 밥이 다 될 즈음이면 백숙도 잘 익었다. 젓가락으로 찔러 '쑤욱' 들어가면 다 익은 거다.

닭을 꺼내 왕 접시에 담고 마늘과 고구마 등을 건져 주변에 올린다. 가족과 백숙을 먹는 동안 그 국물에 밥을 넣고 약한 불로 끓여주면 닭죽이 된다. 백숙을 완전히 해체한 이후 푹 끓인 닭죽 한 사발씩 먹으면 오늘의 특별식 도전 완료! 이렇게 결혼 11년 차의 하루가 지나간다.

다시 세상과의 끈을 잡고

온 가족이 함께 책을 읽으며 다시 세상과의 끈을 잡게 된다면 '책'과 관련된 일을 하고 싶다고 생각하곤 했다. 책과 관련된 일이야 많고 많겠지만, 내가 잘할 수 있는 '책 읽어주는 일'이 과연 직업이 될 수 있을까? 나는 다시 꿈을 꾸게 되었다.

요즘 초등학교에는 '책 읽어주는 엄마'가 있다. '책 읽어주는 엄마'란 수업하기 전 이른 아침 시간에 책 읽어주는 봉사 활동을 하는 엄마를 이르는 말이다. 선생님을 대신해 교실에서 여러 아이에게 책을 읽어주는 건 집에서 내 아이들에게 책 읽어주는 것에 비해 엄청난 용기가 필요하다. 나와 내 가족을 변화시킨 책의 힘을 잘 알기에, 어린 학생들과 좋은 것을 함께 나누고 싶었기에, 큰 용기를 내어 '책 읽어주는 엄마'가 되었다. '책'과 관련한 일을 하고 싶다는 내 새로운 꿈의 첫 시도인 셈이다.

'책 읽어주는 엄마'로서 교실 앞에 서는 날엔 특별히 신경을 썼다. 책 선정에서부터 독서 전, 독서 후의 활동은 물론 목소리 톤, 읽는 속도, 작은 동작 하나까지 미리 점검했다. 책 읽어주는 엄마도 담임처럼 1년 동안 한 반을 맡게 된다는 사실을 알고는 한 가지 주제를 정하고 단계별로 월간 계획에서부터 연간 계획까지 연구하며 철저하게 직업인의 자세로 임했다. 내가 진정으로 좋아하는 일이어서였을까? 누가 시키지도 않았는데 나는 열과 성을 다 해서 책을 읽어주었다. 책에는 도통 관심이 없던 아이들이 점점 책을 좋아하는 아이들로 바뀌어가는 과정과, 반짝반짝 두 눈에 빛을 내며 책 읽어주는 소리에 귀를 기울이는 아이들의 모습을 보는 것만으로 내가 들이는 노력을 넘는 보상을 받는 듯했다. 난생처음으로 아이들의 진심을 담은 팬레터를 받는 호사를 누리기도 했다.

이왕 하는 것, 나만의 창의적인 방식을 시도해보고 싶었다. 아이들에게 읽어줄 그림책을 한국어 버전과 영어 버전 두 권을 준비했다. 먼저 한국어 버전을 읽어준 후, 바로 이어서 영어 버전을 읽어주었다. 한 번 읽을 때, 같은 그림책을 서로 다른 언어로 두 번 읽어주기를 시도한 것이다. 나의 장점인 과장된 표정과 목소리, 동작 등을 활용해서 한바탕 실감나게 읽어주면 언어가 달라도 아이들은 집중해서 잘 듣곤 했다.

그렇게 책 읽어주기를 진행하던 어느 날, 내가 담당하는 교실의 담임교사가 상담 요청을 해왔다. 15년 차 부장 교사인 그 선생님은 내게 '재능 기부'를 해줄 것을 부탁하셨다.

"어머니, 초등학교에서는 3학년부터 영어 수업을 합니다. 원어민과 농담을 할 정도로 영어를 잘하는 아이들도 있지만, 알파벳도 모르는 아이들이 더 많습니다. 지난주 어머니가 이중 언어로 책을 읽어주셨을 때, 아이들이 좋아하는 모습을 보고 부탁드리자 마음먹었습니다. 알파벳도 모르는 아이들 수준에 맞춰서 영어 수업을 진행해주시면 고맙겠습니다."

수업이라니? 교대나 사대를 나오지 않은 내가 초등학교에서 수업을 하다니! 수업을 한다는 것은 책을 읽어주는 것과는 또 다른 차원의 도전이었다. 망설이는 나에게 선생님은 책 한 권을 건네주셨다. 선생님께서 직접 쓰신 논문이었다. 공립 초등학교에서 영어 몰입 수업을 실시한 결과를 분석한 논문인데, 외국어 교육에 관심이 많은 내가 연구해보고 싶었던 분야이기도 했다. 영어를 잘하는 초등학생들은 영어 유치원 졸업은 기본이고 방학이면 해외 연수를 다녀오는가 하면, 1~2년 영어권 초등학교를 다녔다가 다시 돌아오는 일이 비일비재했다. 즉, 영어를 잘하는 초등학생의 뒤에는 부모의 막강한 재력이 있었다. 그러니 초등학교에서 영어 실력이 부의 척도가 되고 있었다.

재능 기부, '기부'라는 말이 나를 무척 설레게 했다. 내 기부로 초등학교 학생들의 영어 실력의 격차가 조금이라도 줄어든다면 얼마나 보람찬 일일까. 선생님은 강조하셨다. "가장 수준이 낮은 아이에게 수준을 맞춰 주세요. 공교육은 그래야 합니다."

초등학교에서 수업을 시작하고 한 달 만에 나는 직장 생활에서 받아보지 못한 갖은 찬사를 다 받았다. 여러 선생님께서 내 수업을 참관하고는 칭찬을 하셨다. 나는 곧 영어 강사로 채용되어 인근 4개 학교에서도 같은 수업을 진행하게 되었다. 교육 대상은 저소득층 학생들이었고, 나는 선생님 말씀대로 '가장 수준이 낮은 아이에게 수준을 맞추어야 합니다. 공교육은 그래야 합니다.'의 교육관으로 수업에 임했다. 내가 기획한 교과 프로그램을 '따뜻한 나눔이 함께하는 Hungry for English(교육 기회 불평등 해소를 위한 방과 후 거점 학교 영어 수업 운영)'라 이름 지었고, 나는 그해 겨울 경기도 교육감상 최우수상을 받았다. 상을 받고 나서 지역 교육청에서 방과 후 강사를 양성하는 강의를 하라는 제의를 받기도 했다.

나는 임용고시를 통과한 정규 교사는 아니지만 선생님이 되어 수업을 하고 있다. 정규 교사가 아니기에 나를 찾는 곳이 있다면 어디든 가서 수업을 할 수 있다. 일하기를 좋아했으므로 다시 일을 할 수 있게 되어 무척이나 기뻤다. 그것이 보람을 느낄 수 있는 일이라 더욱 좋았다. 비싼 등록금을 치러가며 스펙을 쌓아 중요한 사람이 되는 꿈을 이룬 것이 아니라, 그저 내가 좋아서 즐기고 나누는 사이 물 흐르

듯 자연스럽게 얻은 결과라 더욱 뿌듯했다. 묵묵히 그리고 열심히 일상을 보내다 보면 삶의 곳곳에서 경이로움을 만날 수 있다는 깨달음을 다시금 얻었다.

엄마, 아빠에게 닥친 시련으로 유치원도 학원도 그만두고 도서관에서 뒹굴며 살았던 우리 집 두 아이, 그때 시작한 책 놀이가 지금도 이어지고 있다. 어느새 초등학교 고학년이 된 큰아이는 여전히 학원에 다니지 않는다. 학원에서 선생님들이 머릿속에 지식을 쏙쏙 집어넣어 주는 것보다 궁금한 것이 생길 때마다 책에서 찾아 알아가는 기쁨이 더 크다는 것을 경험을 통해 터득한 것이다. 그렇다고 우리 아이들이 늘 행복한 건 아니다. 이미 선행 학습이 다 된 아이들 속에서 기죽을 때도 많다. 그럴 때면 우린 빨리빨리 가는 것이 다 좋은 건 아니라며 아이들을 다독인다.

우리 가족이 가장 어려웠던 시기에 흔들리지 않고 잘 버텨낼 수 있었던 건 특히 인문 고전의 힘이 컸다. 지금은 힘든 시기가 지나갔지만 힘든 시기는 언제든 또 찾아올 것이다. 그때를 대비하기 위해서라도 우리 가족은 인문 고전을 꾸준히 읽으려 한다. 인문 고전, 철학, 문학 분야의 책을 우리도 읽고 아이들도 읽는 삶을 계속 이어나갈 것이다. 책 속에 길이 있다는 것을 여러분에게도 꼭 전하고 싶다.

이 책에 소개된 책

1 소명

미스 럼피우스 바버러 쿠니 글·그림 | 우미경 옮김 | 시공주니어

강아지똥 권정생 글 | 정승각 그림 | 길벗어린이

치킨 마스크 우쓰기 미호 글·그림 | 장지현 옮김 | 책읽는곰

2 신화

옛이야기 보따리 서정오 글 | 보리

바리데기 전국국어교사모임 기획 | 신동흔 글 | 휴머니스트

심청전 전국국어교사모임 기획 | 정출헌 글 | 휴머니스트

신화의 힘 조지프 캠벨, 빌 모이어스 대담 | 이윤기 옮김 | 이끌리오

3 가족

바늘땀 데이비드 스몰 글·그림 | 이예원 옮김 | 미메시스

태일이(전 5권) 박태옥 글 | 최호철 그림 | 고래가그랬어 편집부 | 돌베개

가족의 두 얼굴 최광현 글 | 부키

4 형제

내 동생 싸게 팔아요 임정자 글 | 김영수 그림 | 미래엔아이세움

마디타 아스트리드 린드그렌 글 | 알론 비클란드 그림 | 김라합 옮김 | 문학과지성사

사자왕 형제의 모험 아스트리드 린드그렌 글 | 일론 비클란트 그림 | 김경희 옮김 | 창비

만화 맹자 하경대 글 | 정민희 그림 | 주니어김영사

맹자 맹자 글 | 우재호 옮김 | 을유문화사

5 우정

샬롯의 거미줄 엘윈 브룩스 화이트 글 | 가스 윌리엄즈 그림 | 김화곤 옮김 | 시공주니어

우정 지속의 법칙 설흔 글 | 창비

새로운 친구가 필요해! 아델하이트 다히메네 글 | 하이데 슈퇴링거 그림 | 유혜자 옮김 | 미래아이

6 배움

내 초능력이 사라진 날 미카엘 에스코피에 글 | 크리스 디 지아코모 그림 | 예빈 옮김 | 주니어김영사

마틸다 로알드 달 글 | 김난령 옮김 | 시공주니어

공부의 달인 호모 쿵푸스 고미숙 글 | 북드라망

공자의 생애 최현 글 | 범우사

논어 공자 글 | 김형찬 옮김 | 홍익출판사

7 국가

기억 전달자 로이스 로리 글 | 장은수 옮김 | 비룡소

국가 플라톤 글 | 천병희 옮김 | 도서출판 숲

8 일

손도끼 게리 폴슨 지음 | 김민석 옮김 | 사계절

해저 2만리 쥘 베른 글 | 에두아르 리우 그림 | 김주경 옮김 | 시공주니어

일과 도구 권윤덕 글·그림 | 길벗어린이

9 시간

모모 미하엘 엔데 글 | 한미희 옮김 | 비룡소

나 하나로는 부족해 피터 레이놀즈 글·그림 | 조세현 옮김 | 비룡소

마르크스의 자본, 판도라의 상자를 열다 강신준 글 | 사계절

시골빵집에서 자본론을 굽다 와타나베 이타루 지음 | 정문주 옮김 | 더숲

10 이상

창 너머 찰스 키핑 글·그림 | 박정선 옮김 | 시공주니어

바로톨로메는 개가 아니다 라헐 판 코에이 글 | 박종대 옮김 | 사계절

돈키호테 미겔 데 세르반테스 글 | 박철 옮김 | 시공사

가족에게 권하는 인문학

지은이 | 김정은 유형선

1판 1쇄 발행일 2016년 1월 25일
1판 5쇄 발행일 2019년 9월 23일

발행인 | 김학원
편집주간 | 김민기 황서현
기획 | 문성환 박상경 최윤영 김보희 전두현 최인영 정민애 김주원 이문경 임재희 이화령
디자인 | 김태형 유주현 구현석 박인규 한예슬
마케팅 | 김창규 김한밀 윤민영 김규빈 김수아 송희진
제작 | 이정수
저자·독자서비스 | 조다영 윤경희 이현주 이령은(humanist@humanistbooks.com)
스캔·출력 | 이희수 com.
용지 | 화인페이퍼
인쇄 | 청아디앤피
제본 | 정민문화사

발행처 | (주) 휴머니스트 출판그룹
출판등록 | 제313-2007-000007호(2007년 1월 5일)
주소 | (03991) 서울시 마포구 동교로23길 76(연남동)
전화 | 02-335-4422 팩스 | 02-334-3427
홈페이지 | www.humanistbooks.com

ISBN 978-89-5862-991-7 03810

• 이 도서의 국립중앙도서관 출판예정도서목록(CIP)은 서지정보유통지원시스템 홈페이지(http://seoji.nl.go.kr)와 국가자료공동목록시스템(http://www.nl.go.kr/kolisnet)에서 이용하실 수 있습니다.(CIP제어번호: CIP2016000905)

편집주간 | 황서현
기획 | 최윤영(cyy2001@humanistbooks.com)
편집 | 임미영
일러스트 | 설찌
디자인 | 유주현